U0115333

文學研究叢書・古典詩學叢刊

臺灣古典詩社采風

第一輯

林宏達　主編

陳序

　　詩歌具有音樂性，是可以歌唱的文學體裁，初始是先民內心有所感觸而發為口傳歌謠，後經文字寫定而成詩歌，因此詩歌除傳達出作者的真情實感外，更是作者心音的藝術表現。《詩‧大序》：「詩者，志之所之也。在心為志，發言為詩。情動於中而形於言，言之不足，故嗟嘆之；嗟嘆之不足，故詠歌之；詠歌之不足，不知手之舞之，足之蹈之也。」由此可以知道寫詩有抒發情感的作用，即便「形於言」有所不足時，仍可藉由「嗟嘆」、「詠歌」、「手舞」、「足蹈」等等來補足，以符應內在情感的抒發，如此看來，寫詩是多麼讓人舒心的一件事啊！而《禮記‧樂記》也記載：「凡音之起，由人心生也。人心之動，物使之然也。感於物而動，故形於聲。聲相應，故生變；變成方，謂之音；比音而樂之，及干戚羽旄，謂之樂。」又說：「詩言其志也，歌詠其聲也，舞動其容也。三者本於心，然後樂器從之。」由此知道詩歌是極具音樂美的文字藝術，不僅僅是作者內心所感而外顯而已，更同時與音樂、舞蹈綰結的非常緊密。如此看來，寫詩不僅僅是舒心而已，更是一件令人暢快的事，可說是現代人養生的一瓢文化活水，更是我中華文化最堅實的根柢。

　　寫詩雖然有這麼些好處，但自五四新文學運動後，「古典詩」漸漸被推入「古板」、「不實用」的框架中，致使原本蓬勃活潑的詩社，漸漸失去原有的活力；原本老中青壯幼各年齡層具足的詩社，也漸漸失去活血的注入，而逐漸老化凋零。雖然時勢如此，乃至今日洋風、韓風、日風強襲登臺的時代，古典詩的價值不減卻日益增顯，支撐中華

文化根基的力道更加強盛，因為古典詩歌，反映著數千年來先民的精神、智慧、情感，更承載著數千年來中華民族各朝各代的人事物，如此一詩一詩的彙聚，便足以讓我們知悉過往、立足當下、放眼未來！

　　宏達教授是我認識多年的好友，對古典詩詞有著傾心的情感，在此詩社式微的時代，希望能使出綱維以挽狂瀾，因此主持彙編各地詩社，以成《臺灣古典詩社采風》，逐步建立各詩社的立設、組織、發展、成員、活動、教學，乃至網站的設立等資料，如此對各詩社歷史地位的呈現有其貢獻，而對現有各詩社成員更有強實的向心力產生，所以對日入頹勢的詩社而言，當能使根扎得更深，使枝葉更加繁茂，對於吸引志同道合的活血注入，已可預期。

　　在彙編部份詩社成輯後，宏達教授邀我寫序，有感於我在古典詩吟誦及研究數十年的基礎與情感，同時我們也有著古典詩以及詩社能更加發揚的共同期望，因此斗膽接下這任務，冒昧抒發內心的感受，企盼　詩友詞長共同努力，並不吝指教！

國立嘉義大學中國文學系教授、人文藝術學院院長

陳茂仁　謹啟

主編序

　　文學創作自有其根柢，即使經過千年的鍛鍊，仍保有必須存在的要素。中國傳統文學由《詩經》發源韻文開始，歷經古詩、樂府、近體詩、詞、曲等變革，甚至到今天的流行歌詞，均可識得彼此傳承的痕跡。王國維曾言「一代有一代之文學」，但文學的流變也告訴我們，有些文體是歷久彌新的，正如古典詩歌。

　　古典文學在五四新文學運動後，逐漸脫離主流，當時力求突破語言的框架，用白話文的方式創作，藉此擺脫傳統文學的窠臼。在臺灣，五四新文學發展之際，一方面接受著殖民政府帶來的新式教育，同時持續接觸中國傳統的私塾教育，因此，在眾聲喧嘩的場域中，仍保有古典文學的一席之地，至今不輟。而古典詩歌一直是過去文人雅士所愛好的文體，其中近體詩，更成為騷人墨客相互交流、唱和應答的方式。

　　臺灣古典詩社的發展已有百年以上的歷史。從日治時期便有臺中櫟社（一九〇一）、臺南南社（一九〇六），以及臺北瀛社（一九〇九）鼎足而三，伴隨而來的，是各地詩社林立的盛況。正因傳統詩社的普及，詩社間互相往來，也有大型活動聚集詩人彼此交流，激盪火花，並舉辦現場擊鉢或主題徵詩賽事，活絡詩壇創作，讓古典詩歌在臺灣仍不斷持續耕耘。

　　有感於此，筆者在二〇二〇年始與《國文天地》總編輯張晏瑞先生合作，向國內各大傳統詩社邀稿，有助於讓外界瞭解該詩社的發展與變化。《國文天地》「臺灣古典詩社系列專輯」第一季，共編有五期，介紹四家傳統詩社，也藉此證明臺灣各地皆有重要且相當活躍的古典詩社，持續傳承中華文學與文化之美，亦證明經典文體生生不息，擁有高度價值與永續流傳的可能。

　　第一輯收錄的是皆具百年聲譽的「瀛社」與「天籟吟社」。從傳統的架構組織，到立案成為「臺灣瀛社詩學會」與「臺北市天籟吟社」的學會、公司等新局面，可謂歷久不衰且活動力十足，堪稱臺灣民間古典詩社之代表。

　　臺灣瀛社詩學會目前的發展以詩歌創作、漢音韻學，以及詩詞吟唱為主，除定期舉辦社員大會、創作與吟唱發表會外，亦培植生力軍拓展子詩社，開枝散葉。其積極向下扎根，吸收青年社員，並且與學界合作，增加民間詩社與校園詩社交流的機會。書中主要呈現瀛社成立經過、組織變革、活動內容與教學方式等面向，以及重要成員對社團的影響、加入多媒體與結合網路的新變，並陳述未來發展的可能。

　　臺北市天籟吟社，若從文人吟詩的角度探究，中部地區常聽聞所謂「鹿港調」，係泛指中、彰、鹿港一代詩社所使用的吟調；而在北部則是「天籟調」頗負盛名，可見天籟吟社在詩詞吟唱的傳承上深具建樹。天籟吟社除了積極出版詩社相關成果外，有三點是值得一提的發展特色：其一，由名譽理事長姚啟甲創立的「三千教育中心」，匯聚臺灣詩壇大老與青年菁英，定期舉辦專題講座，開放社員與社外人士參與。其二，舉辦全臺徵詩比賽，拓展知名度，藉此廣招青年俊秀

加入。其三，與大專院校的學生詩社合作，並提供獎學金，吸引年輕世代加入，薪火相傳。

　　民間詩社除服務大眾外，更希望能與學界交流，並且注入新血，天籟吟社近年來的確讓社團學理化、社員年輕化。此中姚、楊二位理事長功不可沒，尤其在楊維仁理事長帶領下，針對天籟吟社保留的文獻作了具體的整理與保存，三年內出版數本書籍，介紹吟社的組織、人物與作品，並且舉辦研討會與創作比賽，多面向發展，力圖展現天籟吟社的活力與成果。而榮譽理事長姚啟甲從培養兒少建立詩學興趣，又給予碩、博學子獎助鼓勵，吸引對中華文化或古典詩詞有熱忱的青年加入，將天籟本有精神傳續，期能再造下一個百年榮景。

　　第二輯收錄的內容，包括「樸雅吟社」與「梅川傳統文化學會」。活躍於嘉義的樸雅吟社讓人看見傳統詩社重新復興的可能；而聞名臺中的梅川傳統文化學會，則是有組織的建立起特色與規模，打造詩詞創作及吟唱推廣的品牌。

　　位於嘉義朴子，以臺語漢詩為授課基礎的樸雅吟社，創立詩社已逾百年光景，首位社長由楊爾材先生擔任，當時主要以詩會友、擊鉢創作，在地方傳為美談。過程中與其他民間詩社在經營上遇到相同問題，核心社員開始招募新血、不再侷限於友朋唱和，開展詩文講學，使社團得以延續。一九八〇年代以後，因人才老化與外移，吟社名存實亡。二〇一〇年社中耆老黃輝煌與林劍泉透過梅嶺美術文教基金會的挹注，央請黃哲永先生開班授課，為啟動復社之重要契機。隔年黃氏任樸雅吟社指導老師，與其妻邱素綢女士合力復興樸雅。新社員有社會菁英為增能而來、有退休人士圓創作夢而來，又有以保留臺語文

化保留為己任而來，經黃老師伉儷悉心教導與鼓勵，成員在創作與吟唱比賽屢屢大放異彩，讓樸雅吟社揚名島內。復社有成，十年耕耘的成績，可歸納為三面向：其一，培育各級教學師資，從校園導入臺語語言文化。重要社員如林錦花校長與李玉璽教授均在校園中推動各類臺語教學，向下扎根。其二，與其他地方詩社交流，建立聯盟、互通有無。其三，保留在地特色與文化。吟社帶動學員對故鄉的關心與認識，透過創作宣揚嘉義之美，亦蒐集整理鄉紳詩人作品，紀錄經典的區域文學。

位居中部，具有詩社性質的「梅川傳統文化學會」，舉辦「大漢清韻河洛漢語朗誦吟唱大賽」超過十七年，規模盛大，參賽者從幼兒至社會人士，多達十餘種組別。學會除建立吟唱品牌外，亦建置詩學理論，曾由創會理事長吳耀贇先生帶領社員，前往湖南中南大學「兩岸經典吟誦傳播與當代詩詞創作研究高峰會議」，發表論文並示範吟唱，可見學會的企圖心。梅川傳統文化學會組織相當龐大與團結，而且具有系統性。在舉辦三屆的「全國詩社聯吟大會」中，可以看見學會號召成員的力量。另外，文化傳承上亦多元發展，不僅培育師資從小扎根，在幼稚園、國小服務的教師群，可以讓幼童自小學習；國小、國中，甚至高中、大學端均有開班授課，薪傳絕藝，組織嚴密且精神可佩。又發行專屬會刊及出版專書、教材，讓學習成效事半功倍。

各詩社發展重心不同，因而撰寫文章陳述的內容不一。筆者忝為主編，並未刻意囿限主題，任其發揮。然從各社的文章內容，大致仍可觀察每家詩社的創立緣由、沿革組織、重要成員、變遷突破，屬於詩社體制上的發展脈絡；又可探查各詩社的教學內涵、歷來活動紀錄、刊物出版品介紹、重要活動紀實等，詳細載錄詩社發展的多元面

向；亦透過不同幹部、社員的現身說法、個人參與心得等，瞭解實際的運作狀況。由中能看見臺灣民間組織對中華傳統詩學付出的努力。

本書能順利出版，首先感謝各詩社鼎力支持，惠賜寶貴文稿。其次，萬卷樓圖書公司張晏瑞副總經理從商討企劃、文章刊登到專輯集結成書，均費心參與協助。感謝當時聯繫的幾位詩社的負責人林正三、楊維仁、吳耀贇、林生源等理事長，以及黃哲永老師，有諸位前輩促成專輯，讓收稿順利；感謝居中協調的吳秀真、邱素綢、李玉璽老師，協助溝通傳達，減少資訊傳遞的障礙。感謝協助校對編輯的郭妍伶教授、林涵瑋小姐、高守鴻學棣，讓這套書更為完善。

本書保留大部分原作者在《國文天地》雜誌中所撰寫的內容，為求體例統一，對部分篇章稍作調整，亦修訂錯別字，難免仍有疏漏之處，尚祈專家學者不吝指正。

國立嘉義大學中國文學系副教授

林宏達 謹誌

二〇二三年十二月

目次

卷二　臺北市天籟吟社

卷一　臺灣瀛社詩學會

瀛社之成立與歷屆幹部

林正三

臺灣瀛社詩學會理事長

　　詩是一種有節奏和韻律而結構多樣的文學體裁,其作用除了言志抒情以外,更重要的是用於反映生活,大至邦國的考功慶典、朝聘會盟,以及河海山川、語言歷史,小至常民生活禮儀、風俗等,莫不是詩人題詠之素材。中華民族自始即是詩的民族,遠溯上古之〈康衢〉、〈擊壤〉,而《詩經》、《楚辭》,漢魏以來五七言古風,有唐近體,衍而宋詞、元曲,風格體裁,迭相變異;雄渾雅麗,各有所宜。

　　而我臺先民自海峽對岸,遠渡黑水而來,從而將固有之中華文化亦移植於斯土。更由於寶島地區之鄉土母語諸如閩南語、客語等,仍然保存著平、上、去、入四聲分明之特性,對於古典詩聲調、韻部,一點即通,毫無窒礙。此即古典詩學在寶島臺灣特別興盛之故,諸如山歌、唸謠、採茶褒歌等,莫非詩也。

瀛社之成立

　　社團法人臺灣瀛社詩學會原名瀛社,成立於西元一九〇九年三月七日(農曆2月16日),與成立於一九〇一至一九〇二年之臺中櫟社及成立於一九〇六年之臺南南社,鼎足而為我臺三大詩社之一。由於時

當日據，兼之清朝政府尋而亦廢科舉，讀書士子緣科名以為晉身之階亦已無由，遂藉結社、吟詠以發抒中心之怫鬱，更為保存我固有文化，不為異族所淪沒。故而有志之士，相繼成立詩社，以致最盛時全臺幾達三百餘社（黃美娥教授語）。

瀛社成立之契機，據明治四十二年（1909）二月十八日《臺灣日日新報》第三二三八號〈編輯日錄〉載：

> 湘沅頻謂北部詩人頗多，而竟無一詩社，未免使北部減卻風雅，海沫曰：「君如倡之，當必有和之者。」

其後，歷經報社同仁之積極籌組，此一北部最大之詩社於焉成立。三月八日同報三二五四號〈瀛社盛況〉一則云：

> 瀛社諸同人，已如既報，於去（三月）七日，在平樂遊旗亭，舉行開會式矣。會員及來賓，約有五十人……社友洪以南君，起述開會之辭，群拍手和之。席間以〈瀛社雅集即事〉為題，即以「瀛」字韻為限，各拈一字，賦成柏梁體一句，聯作長篇。又限賦即事詩……。

瀛社成立之初，其固定例會，最早為每月一次，常用者有每年六次及每季一次例會等，主要視其會員之多寡及主政者是否干擾而定。如抗戰末期，日方之干預與限制等。由於此段期間，當局取消《臺灣日日新報》之漢文版，詩社消息未再見報，故無法確切掌握。至二○○六年立案以後，則定為每年一次會員大會及四次例會。

歷任幹部

有關「瀛社」實際運作的幹部成員與職掌，戰前與戰後有所不同，戰前依次有社長、副社長、幹事、評議員（詞宗）、名譽社長及顧問，大正七年（1918）七月十五日《臺灣日日新報》六四八八號「擊鉢吟會盛況」提到：

> 瀛、桃、竹聯合擊鉢吟會，如所豫定，去十三日午後三時，在基隆公會堂開會。桃社友出席者四人，竹社友出席者八人，……酒酣，顏雲年君代表值東敘禮，……我瀛社自改革後，迄今不置社長其他役員，對外殊多阻礙，鄙意欲於今夕選舉社長、副社長、幹事、評議員等，以掌會務。但選舉要行投票恐費時間，爰欲依指名例，未知諸君肯委任鄙人否？眾皆贊成。乃由顏君指洪逸雅君為社長，謝雪漁君為副社長，魏潤菴、劉篁村二君為幹事，林問漁、許迺蘭、林湘沅、李逸濤、林石崖、黃贊鈞、陳其春、倪炳煌、李碩卿及顏君自己為評議員，眾皆拍手，各行承認。……

可知「瀛社」成立初期的主要幹部為：社長洪以南，副社長謝汝銓，幹事魏潤庵、劉篁村，評議員（即詞宗）為林問漁、許迺蘭、林湘沅、李逸濤、林石崖、黃贊鈞、陳其春、倪炳煌、李碩卿及顏雲年。

至大正十一年（1922）三月二十日《臺灣日日新報》七八三二號〈編輯賸錄〉載：「顏吟龍提出通過規則修正，其幹部由會長囑託，決定如下：幹事顏雲年、魏清德、張純甫、倪炳煌；評議員林知義、許梓桑、黃純青、林湘沅、林佛國、黃贊鈞、楊仲佐、劉克明、陳其春、李碩卿十氏。」

　　戰後則又分為二〇〇六年「臺灣瀛社詩學會」立案之前與之後。在「臺灣瀛社詩學會」立案之前設有：社長、副社長、總幹事、副總幹事、名譽社長、名譽社員、顧問等。立案之後，「社長」一職則改為「理事長」，並設有理事、常務理事、副理事長；監事、常務監事等職及秘書長、副秘書長、會計、出納等工作人員。評議員（詞宗）自戰後即改為臨時敦聘詩藝精湛之詩友任之，為避瓜田李下之嫌，值東一組之成員不予聘請為當次例會之詞宗。

　　關於「瀛社」歷任社長，林佛國〈瀛社簡史〉一文提到：

　　瀛社首任社長洪以南先生於一九二六年逝世，謝汝銓先生繼任社長，魏清德先生為副社長，一九五三年謝汝銓先生逝世，魏清德先生繼任社長，李建興先生為副社長。一九六四年魏清德先生逝世，李建興先生繼任社長迄今。」《瀛社創立七十週年紀念集》增補如下：「一九六四年魏清德先生逝世，李建興先生繼任社長，張晴川先生為副社長。一九七八年，李建興先生因病堅辭社長，張晴川先生則以年邁體衰請辭，經社友會商結果，改推杜萬吉先生為社長，張鶴年先生為副社長，並敦請李建興先生為名譽社長，張晴川先生為名譽副社長以迄於茲。」《瀛社創立八十週年紀念集》再增補如下：「並敦請李建興先生為名譽社長，張晴川先生為名譽副社長，旋因張（鶴年）副社長急逝，復經全體社員推選黃得時、莊幼岳兩先生為副社長。」

《瀛社創立九十週年紀念集》增補如下：

　　一九九四年黃得時先生因病請辭副社長，經社員商議，改推黃鷗波為副社長。

　　一九九九年三月二十八日開慶祝創立九十週年全臺詩人聯吟大會
於臺北市濟南路開南商工大禮堂，會中杜氏以年高九五請辭社長職，
改由副社長黃鷗波繼任第六任社長，陳焙焜副之。黃鷗波於二〇〇三
年八月過世，改由陳焙焜任第七任社長，副社長則由翁政雄與林正三
任之，林氏並兼總幹事。二〇〇四年十一月陳氏下世，至二〇〇五年
一月二十二日召開社務會議，社長一職改由選舉產生。當日舉行選舉，
由林正三當選第八任社長。並於二〇〇六年四月十六日申請立案成為
「臺灣瀛社詩學會」。茲將立案以前歷任社長及幹部列表於下表一：

表一

屆次	任期	社長	副社長	總幹事	主辦聯吟大會日期地點	備註
1	1918年7月13日｜1926年5月13日	洪以南[1]	謝汝銓	幹事：魏清德 劉篁村[2] 顏雲年 張純甫 倪炳煌[3]	1.全臺詩人大會大正元年11月23日於基隆環鏡樓 2.全臺詩人大會大正10年（1921）小春於臺北春風得意樓（首屆全臺詩會）	成立之初未置社長，至大正7年（1918）7月13日始行推舉產生
2	1926年8月7日｜1953年	謝汝銓	魏清德		1.五州詩人聯吟大會，昭和7年（1932）花朝於臺北孔廟 2.四十周年社慶全臺詩人聯吟大會，一九四九年花朝於瑞三大樓	兼祝李建興母氏八十壽

1　敦聘林熊徵為名譽社長。赤石定藏、吳昌才為顧問（見大正9年8月16日該報第7231號）。
2　另置評議員十名：顏雲年、林問漁、許迺蘭、林湘沅、李逸濤、林石崖、黃贊鈞、陳其春、倪炳煌、李碩卿。
3　大正十一年（1922）3月20日，改組幹事與評議員，幹事如表列，評議員十名：林知義（問漁）、許梓桑（迺蘭）、黃純青、林湘沅、林佛國（石崖）、黃贊鈞、楊仲佐、劉克明（篁村）、陳其春、李碩卿。

表一（續）

屆次	任期	社長	副社長	總幹事	主辦聯吟大會日期地點	備註
3	1953年 — 1964年	魏清德	李建興	張鶴年	全臺詩人聯吟大會 一九五九年詩人節於太平國小次日於靜心樂園	五十週年周慶
4	1964年 — 1978年	李建興[4]	張晴川 杜萬吉	張晴川 江紫元	全臺詩人聯吟大會： 一九六九年三月二十九日於敦化北路3號民眾團體活動中心禮堂	六十週年社慶
5	1978年 — 1989年 3月28日	度萬吉[5]	張鶴年 黃得時 莊幼岳	魏壬貴	1. 全臺詩人聯吟大會（1979年3月11日於重慶南路2段20號民眾團體活動中心大禮堂）。	七十週年社慶
			莊幼岳 黃鷗波	陳焙焜	2. 全臺詩人聯吟大會（1989年3月19日於臺北市中山堂光復廳）	八十週年社慶
					3. 全臺詩人聯吟大會1999年3月28日於臺北濟南路1段6號開南商工大禮堂	九十週年社慶
6	1999年 3月28日 — 2003年 8月26日	黃鷗波[6]	陳焙焜	林正三 陳炳澤	副總幹事：許欽南 總幹事林正三2000年初辭職，陳炳澤繼任	黃社長2003年8月26日逝世

4　敦聘林熊祥、劉克明、林佛國為顧問。

5　敦聘孔德成為顧問，李建興、何志浩為名譽社長，張晴川為名譽副社長。

6　敦聘莊幼岳為顧問。

屆次	任期	社長	副社長	總幹事	主辦聯吟大會日期地點	備註
7	2003年8月30日｜2004年11月24日	陳焙焜	翁正雄 林正三	林正三	副總幹事：許欽南	陳社長2004年11月24日逝世
8	2005年1月22日｜2006年4月16日	林正三[7]	翁正雄 陳欽財	洪淑珍	副總幹事：陳麗卿	2005年1月22日改選（社長改為選舉產生）

歷屆選任與聘任人員

　　瀛社自二〇〇六年四月十六日立案以來，一切組織與運作悉依人民團體法之組織規範、職掌及選舉辦法運作，茲將各屆選任與聘任人員，以表格呈現如下（資料依據各年度之會員大會手冊）：

第一屆：二〇〇六年四月十六日至二〇〇九年四月十八日

顧問：李春榮、唐羽、張夢機（李德儒為境外會員）

理事長：林正三

常務理事：翁正雄、陳欽財、林振盛、姚啟甲

理事：康濟時、洪世謀、蔣孟樑、李宗波、甄寶玉、葉金全、
　　　張錦雲、許又勻、許哲雄、賴添雲

常務監事：張耀仁

監事：歐陽開代、洪啟宗、李政村、陳漢津

7　敦聘羅尚、張夢機為顧問。

秘書長：洪淑珍
副秘書長：張建華
會計：陳碧霞
出納：陳麗卿

一九〇九年四月四日瀛社第一期例會

第二屆：二〇〇九年四月十九日至二〇一二年三月三日

顧問：廖禎祥、唐羽、連勝彥、林政輝
理事長：林正三
副理事長：姚啟甲、陳欽財、翁正雄
常務理事：李宗波、洪淑珍、洪世謀
理事：甄寶玉、葉金全、許又勻、張錦雲、許哲雄、歐陽開代、
　　　蔣孟樑、周福南、林李玲玲、賴添雲、黃明輝、劉清河、
　　　李政村、尤錫輝

候補理事：吳福助

監事主席：張耀仁

常務監事：徐世澤、洪啟宗

監事：黃廖碧華、陳麗華、余美瑛、吳東晟

候補監事：林劍標

秘書長：陳碧霞（2020年4月6日請辭，經臨時理事會通過張建華接
　　　　任）、張建華

副秘書長：吳秀真

會計：陳碧霞（同上，王尚義接任）、王尚義

第三屆：二〇一二年三月四日至二〇一五年三月十四日

顧問：唐羽、連勝彥、林政輝

名譽理事長：林正三

理事長：許哲雄

副理事長：姚啟甲、洪淑珍、周福南

常務理事：洪世謀、康濟時、張耀仁

理事：甄寶玉、葉金全、許又勻、張錦雲、蔣孟樑、歐陽開代、
　　　李宗波、賴添雲、陳欽財、劉清河、沈榮槐、張建華、
　　　陳漢津、翁正雄

候補理事：林李玲玲、黃明輝

常務監事：張民選

監事：吳東晟、余雪敏、黃廖碧華、徐世澤、洪啟宗、王庚春

候補監事：余美瑛

秘書長：吳秀真

副秘書長：陳淑芬

會計：王尚義

出納：謝清龍

第四屆：二〇一五年三月十五日至二〇一八年三月十七日

顧問：唐羽、連勝彥、林政輝

名譽理事長：林正三、許哲雄

理事長：周福南

副理事長：洪世謀、姚啟甲、康濟時

常務理事：洪淑珍、吳秀真、沈榮槐

理事：游振鏗、黃鶴仁、賴添雲、孫秀珠、賴欣陽、陳欽財、
　　　張耀仁、葉金全、蔣孟樕、劉清河、王宥清、李宗波、
　　　歐陽開代、黃明輝（2016年3月13日第四屆第二次會員大會，
　　　劉清河因病請辭，由黃明輝接任）

候補理事：黃明輝

常務監事：洪啟宗

監事：吳東晟、余雪敏、黃廖碧華、徐世澤、施得勝、王庚春

候補監事：簡龍昇

秘書長：陳漢津

副秘書長：余美瑛

會計長：王尚義

出納：謝清龍

二〇〇六年四月十六日臺灣瀛社詩學會成立大會

第五屆：二〇一八年三月十八日至二〇二一年三月二十七日

顧問：連勝彥、林政輝

科技顧問：葉國良

會計顧問：張惠英

名譽理事長：許哲雄、周福南

評議委員：蔣夢龍、邱天來、翁正雄、張耀仁、簡龍昇、歐陽開代

名譽理事：陳漢津、余美英

名譽社員：謝牧正

理事長：黃鶴仁

副理事長：吳秀真、沈榮槐

常務理事：洪淑珍、吳東晟

理事：歐陽開代、葉金全、李宗波、張耀仁、康濟時、賴添雲（請
　　　辭）、林保淳、施得勝、賴欣陽、王宥清（請辭）

候補理事：林瑞祥（放棄遞補）、甄寶玉（放棄遞補）

常務監事：林正三

監事：徐世澤、簡龍昇、余雪敏、吳秋心（遞補）

候補監事：吳秋心

秘書長：鄭宇辰

副秘書長：沈淑娟

會計長：王尚義

出納：陳素真

第六屆：二○二一年三月二十八日迄今

顧問：唐羽、連勝彥、林政輝

名譽理事長：許哲雄

諮詢委員：周福南、蔣夢龍、翁正雄

理事長：林正三

副理事長：吳東晟、吳秀真

常務理事：洪淑珍、施得勝

理事：余美瑛、杜美華、賴欣陽、陳素真、林沐謙（瑞祥）、陳淑芬、李宗波、張耀仁、周　絹、沈致中

候補理事：沈榮槐、陳漢津、康濟時、潘威佑、翁正雄

常務監事：簡龍昇

監事：余雪敏、林松喬、許金珍、王庚春

候補監事：俞棟祥

秘書長：陳志舜

副秘書長：郭同寅

會計：外聘

出納：高鄭慧貞

　　以上為瀛社之成立與歷屆幹部名冊。

附錄　臺灣瀛社詩學會大事記

本表乃參考二〇一七年臺灣瀛社詩學會《續修臺灣瀛社志》。

報號／日期	訊息標題	記事
3238 明治 42年2月 18日	編輯目錄 （2/17）	湘沅頻謂北部詩人頗多，而竟無一詩社，未免使北部減卻風雅。海沫曰：「君如倡之，當必有和之者」。
3251 明治 42年3月 5日	瀛社雅集 （5版）	淡江人士，及寄寓諸公，為提振風騷，倡開吟會，已登前報，其社名之曰「瀛」，確定此星期（即本月七日），在平樂遊雅集，並折柬邀請內地僑寓諸吟客，以增該社光，扢雅揚風，和聲鳴盛，亦文人之樂事也。
3254 明治 42年3月 9日	瀛社盛況 （5版）	瀛社諸同人，……於去（三月）七日，在平樂遊旗亭，舉行開會式矣。會員及來賓，約有五十人，……席間以〈瀛社雅集即事〉為題，即以瀛字韻為限，各拈一字，賦成柏梁體一句，聯作長篇。又限賦即事詩，……是日南北中人文薈萃，如此盛會，實領臺以來所僅見也。
3745 明治 43年10月 19日	雜報瀛社觀菊會況	瀛社同人果如所期，於去十六日午後三時，開觀菊會於大龍峒王慶忠氏別墅。……而所柬招各詩社吟侶，亦有十餘名不辭跋涉，特來與會，如櫟、南、竹三社之社長尤撥忙而來。……徵歌賦詩，興高采烈。……且訂翌十七日午前九時始，再開觀櫻會及擊鉢吟會於洪以南君逸園。……客員與社員約三十名，第一唱題為〈芭蕉〉，限庚韻，第二唱為〈秋海棠〉，限魚韻，第三唱為〈秋柳〉，限歌韻，各限絕句，……至作多作寡，任人之意，不為制限，各首過謄，置左右詞宗閱卷公平棄取，分元、眼、花、臚各一名，會四名，錄若干名，賞與有差……。至第三唱揭曉後，……因各吟社員尚有滯北者，昨十八晚擬繼開於黃丹五君聚春小園，是蓋瀛社創立以來，集會之最盛況者……。社員中以擊鉢吟會為有趣，且可資勉勵，將組織一瀛社中央部擊鉢吟會云。

（續）

報號／日期	訊息標題	記事
3746 明治 43年10月 20日	詩戰趣味	瀛社乘開觀菊會之便，更留櫟社、竹社、羅山吟社、瀛東小社諸詩客，連日開擊鉢吟會，⋯⋯諸人鬥韻，至深夜一勾鐘餘，尚不知倦。⋯⋯計五唱，十狀頭，瀛社得其六，竹社得二，櫟社亦得二，然是亦瀛社之與會者多，而他社少，如蔡啟運氏兩日均得狀頭，洵名下非虛也。
7685 大正 10年10月 24日	全臺詩社聯吟大會	⋯⋯臺北瀛社，主催全臺詩社擊鉢聯吟大會。昨二十三日午後一時起，開於稻江春風得意樓旗亭，中南北各詩社出席，計八十餘名云。
7687 大正 10年10月 26日	東門官邸文字宴（讓山督憲招待全島詩人）	全臺詩社擊鉢聯吟大會，由瀛社主催，得中南北八十餘名出席，⋯⋯翌日下午三時，讓山總督閣下，更招待全部於東門官邸，主由文書課鷹取岳陽先生，當幹旋之衝，⋯⋯田總督以所賦之詩出示如左：「我愛瀛洲風物妍，竹風蘭雨入吟篇，堪欣座上皆佳客，大雅之音更蔚然。」⋯⋯
7688 大正 10年10月 27日	續開擊鉢吟會	既報由瀛社所主催之全島擊鉢吟聯合大會，出席者一同，自受田總督於去二十四日，在東門官邸招待後，於翌二十五日下午一時半，續由瀛社員一同懇留，在春風得意樓，開二次擊鉢吟會，題由左詞宗林幼春氏擬定，右詞宗竹社副社長曾吉甫氏，每人限定七絕二首，三時半交卷，計得詩八十餘首，由左右詞宗各選出二十五首⋯⋯。
7827 大正 11年3月 15日	瀛社十五年紀念	瀛社十五週年紀念祝，經如既報，以去十三日，即舊二月十五日之花朝，開於稻江顏雲年君新築別邸。午後二時，瀛社員，及桃社、竹社、星社、小鳴社諸詞友，⋯⋯拈題〈春晴〉，支韻，限七絕二首，四時半交卷。⋯⋯瀛社事務所以後即決定于雲年君新別邸⋯⋯。
8601 大正 13年4月 27日	全島聯合吟會盛況	既報臺灣全島聯合吟會，去廿五日下午一時半起，時間勵行，開於臺北市內江山樓旗亭，題為〈八角蓮〉，真韻，詩體五律，⋯⋯由趙雲石、林小眉兩詞宗，各選出五十首。是日臺北、基隆而外，桃園、新竹、臺中、嘉義、臺南、宜蘭各方面到者，計有百六十八名之多。⋯⋯

（續）

報號／日期	訊息標題	記事
8602 大正13年4月28日	薰風鈴閣之唱和	總督招待聯吟會詩人，去二十五日，在江山樓所開之臺灣全島聯合吟會盛況，已如前報。翌二十三（按：應是二十六）日下午三時，內田總督，招待一同於東門官邸，開茶話會，〈賦似薰風鈴閣〉之七絕詩一章……
9641 昭和2年3月3日	議開全島詩社大會	……顧全島詩社大會，自臺北首唱之後，臺南、臺中，照所議定，於春季開會。倏歷三年。本年輪值北部，故乘是日之雅會，首由洪社長，指定前報籌備委員十名，而該籌備委員，業已定來五日午後六時，假謝雪漁氏宅中，磋商一切及招北都各社代表者豫議之事云。
9658 昭和2年3月20日		開全島聯合吟會於蓬萊閣。（按：本則失出處）
11475 昭和7年3月21日	全島聯吟大會二十日開于聖廟	既報全島聯吟大會，二十日午後一時，開於大龍峒聖廟。出席吟友凡二百六十名，首由謝汝銓氏代表北部主催社鄭重敘禮。次瀛社代表黃純青氏力說漢學之必要，主張設漢文會，以資相互研究。……擬題七律〈春寒〉，一東，七絕〈報午機〉，十灰。……由本社寫真班攝影記念。
11477 昭和7年3月23日	全島聯吟招待會開於蓬萊閣大餐廳以柏梁福引為餘興	全島聯吟大會第二日，北部主催社招待會，……於翌二十一日午後一時，開於蓬萊閣大餐廳……凡二百九十人。……擬題〈屯山積雪〉，文韻，詩畸〈祝花朝〉，碎錦格……。
13277 昭和12年3月12日	全島聯吟大會瀛社有志吟會承辦	全島聯吟大會，本年輪值臺北州聯吟會值東，今春北州聯吟會席上，決議由瀛社有志吟會承辦，去十日晚，瀛社籌備員十數名，會於許寶亭君所經營之大世界旅館，舉謝汝銓氏為座長……決定來四月三、四兩日午後一時（時間屬行），場所現交涉中……按：嗣因中日關係趨緊，日方取消《臺灣日日新報》之漢文版，故未見續報。

（續）

報號／日期	訊息標題	記事
戰後		
瀛社簡史 1949年 3月13日	創立四十週年聯吟大會	一九四九年己丑，三月十三日（星期日），瀛社創立四十週年，社友李建興先生，為兼祝其母白太夫人八秩壽辰，以瀛社名義，召開全省聯吟大會於瑞三大樓。全省詩人三百餘人出席，于院長右任，祝主席紹周，梁部長寒操，孔子七十七代孫孔德成等諸先生，自大陸遷臺，首次與會。
1959年 6月10日	創立五十週年聯吟大會	一九五九年六月十日（星期四、端午節）大會於太平國民學校，詩題〈詩人節懷古〉。
1959年 6月11日	五十週年紀念	五十週年紀念開於靜心樂園，詩題〈鷗盟〉。
大會請柬		瀛社創立六十週年紀念會謹訂於三月三十日（星期日）上午九時假臺北市敦化北路3號民眾團體活動中心禮堂舉行……。
中國詩文之友 295期 1979年 3月1日	瀛社創立七十週年紀念大會紀要	……紀念大會於三月十一日（星期日）上午九時，在臺北市民眾團體活動中心之大禮堂隆重揭幕，除社員五十餘人出席外，有張維翰、谷鳳翔、易大德、周樹聲、成惕軒、吳萬谷、陳皆興、林衡道、石永貴名流蒞臨指導，而全省各地詩友前來觀禮者則達五百餘人……大會由主席杜萬吉致開會辭……繼有中華學術院詩學研究所張所長維翰，立法院周委員樹聲，考試院成委員惕軒，傳統詩學會陳理事長皆興，臺灣省文獻委員會林主任委員衡道等之祝詞。……復表揚有功社員張晴川，入社滿五十年之社員倪登玉、陳友梅等……決定以〈題瀛社創立七十週年紀念詩集〉為詩題，詩體七律，韻十一尤，……嗣有課題〈老松〉五言律詩之發榜。按課題……共得詩五百餘首，除本社社員所作詩，概不參加評選外，其餘分別經左右詞宗各選取一百名。……
中國詩文之友 409期 1989年 2月1日	瀛社創立八十週年社慶全臺詩人聯吟大會紀要	三月十九日（星期日、己巳花朝）上午九時，假臺北市中山堂光復廳，舉開創立八十週年社慶全臺詩人聯吟大會，除社員五十餘人出席外，文建會副秘書長周天固、中國詩書畫家協會詩學推展委員會主任委員廖從雲、華岡博士班教授方子丹、中國詩經研究會名譽會長何南史、八閩詩社社長林詠

（續）

報號／日期	訊息標題	記事
		榮、詩學研究所副會長李嘉有、詩文之友社發行人王友芬、總編輯林荊南、新生詩苑主編傅紫真等蒞臨指導，而全國各地詩友前來觀禮者近四百人……。
臺灣新生報・臺灣詩壇140期1999年4月6日	瀛社創立九十週年社慶暨全臺詩人聯吟大會活動報導	慶祝創立九十週年社慶，於三月二十八日（星期日）假臺北市濟南路一段六號開南商工職校大禮堂舉開全臺詩人聯吟大會，有來自全臺各地之詩友逾四百餘人與會，……首唱課題為〈詩幟飄揚九十秋〉，……收到來詩四百餘首，……次唱詩題為〈詩人杖〉五律七陽韻，得詩共三百三十首，……現任社長杜萬吉先生高齡亦屆九五，杜社長由於年事已高，故堅辭社長重任，改由黃鷗波教授接任，並於當日完成交接。
開會通知及題襟集		臺北科大國際獅子會主辦，邀請本社成員為臺灣景點題詠，藉以提昇名勝地區之文化氣息，使勝景與名篇相為表彰，並提振詩風，宏揚詩教。於一九九九年九月十一日（星期六）上午八時三十分於杭州南路信義路口中正紀念堂側門集合，搭乘專車前往。徵詩詩題〈訪陽明書屋〉七絕不限韻。
開會通知及題襟集		臺北瀛社與汐止扶輪社，聯合主辦景點徵詩活動。詩題一、〈尖峰遠眺〉，二、〈灘音憶往〉。二詩皆僅限近體，不限五、七言或律絕。平聲三十韻中任選。
臺灣古典詩36期	臺日詩友吟詠交流記盛	設於日本東京都北區赤羽的「曉昂吟詠愛好會」，會長高橋曉煌先生九月二日（星期六）率領二十名男女精英由旅日僑胞邱秀雄先生介紹，訪臺北瀛社，三日下午假臺北市吉祥樓開會招待。並邀基隆詩學會、松社、天籟吟社等鄰近詩友百人參加交流聯吟大會。
題襟集		板橋扶輪社主辦，瀛社、貂山吟社聯吟，首唱〈板橋展望〉七律平聲任選，次唱〈族群融和〉七絕虞韻。（日期失記）
乾坤詩刊34期2005年4月	詩訊頁162	瀛社社長陳焙焜於二〇〇四年十一月二十四日仙逝。二〇〇五年一月廿二日在吉祥樓召開社員臨時大會，選出林正三任社長（第八任）。

（續）

報號／日期	訊息標題	記事
瀛社記事 2005年 8月	專屬網站 上線	二〇〇五年八月二十四日，本會專屬網站架設完成並上線。（網址：http://www.tpps.org.tw/phpbb/）。當時委由林泰孚架設並作內台管理（無給職），直至二〇〇八年移由會員陳建宗管理，其後轉而聘請呂清海專任管理……。
瀛社記事	詩書畫聯展	瀛社詩書畫聯展，於臺北市興隆路萬芳醫院二樓萬芳藝廊展出詩、書、畫及篆刻作品。二〇〇五年十二月廿五日至二〇〇六年一月廿四日。
丙戌題襟錄	成立大會 會議記錄	二〇〇六年四月十六日（星期六），假臺北市大同區國慶區民活動中心召開成立大會，選出林正三等十五名理事，張耀仁等五名監事。（名單見前〈瀛社之成立與幹部職掌〉）
乾坤詩刊 41期 2007年 1月	活動訊息頁 49	臺灣瀛社詩學會舉辦第一次徵文活動，首獎從缺，第二名高清文〈不屈威權的臺灣文史思想家與行動家──真情詩人林幼春〉，第三名尤錫輝〈賴和的文學思想與創作〉。
乾坤詩刊 42期 2007年 4月	活動訊息頁 36	臺灣瀛社詩學會主辦，臺北市文化局贊助之第一期「臺灣漢詩吟唱與創作推廣研習班」三月卅一日開班，由林正三理事長、洪淑珍秘書長主講。地點：臺北市長安西路四十巷九號民安里區民活動中心。（其後年年舉辦）
乾坤詩刊 46期 2008年 4月	詩詞吟唱	臺灣瀛社詩學會應國立歷史博物館之邀，（2008年）三月二十八日下午六時於該館進行詩詞吟唱及書法揮毫，活動乃係配合該館一年一度花藝展而舉辦。
公文檔案 2008年 8月14日	學術研討會 及百年特展	二〇〇八年十一月一、二兩日舉辦學術研討會，臺灣文學館委託臺灣大學臺文所教授黃美娥策劃承辦。 十二月二十七日起「百年特展」於臺北市政府二樓探索館開幕（展期至2009年3月）。
瀛社百年 紀念集 2009年 3月8日	百周年慶全 臺詩人聯吟 大會	百周年慶全臺詩人聯吟大會，二〇〇九年三月八日（星期日）上午十時假臺北市政府沈葆楨廳舉開。

（續）

報號／日期	訊息標題	記事
結案表格	瀛社百年詩書展	二〇〇九年三月十日（星期二）至十九日假臺北市議會一樓藝廊舉辦「瀛社百年詩書展」。
公文檔案2009年5月6日	第二屆第一次會員大會	二〇〇九年四月十九日（星期日）假臺北市天祥路吉祥樓餐廳召開第二屆第一次會員大會。進行理監事選舉。（名單見前〈瀛社之成立與幹部職掌〉）
第二屆第二次會員大會手冊2010年3月28日	工作報告	由福建龍巖市主辦之海峽詩詞筆會，二〇〇九年十二月四日起假龍巖閩西賓館隆重召開，本會理事長林正三率洪淑珍、蔣孟樑、王前、楊錦秀、沈榮槐、吳秀真等與會，並先期於十二月一日赴泉州閩臺緣博物館及安溪詩廊、惠安崇武詩社交流。 二〇〇九年十二月五日（星期六）臺北孔廟二〇〇九年文化季「詩歌禮樂——孔廟動仁夜」，本會古典詩推廣研習班學員應邀演出〈風雅詩詞〉單元。 「詩心墨趣——瀛社成立百週年詩書聯展」，自二〇〇九年十二月十二日至十七日，假臺北市立社會教育館展出九十四件展品。 本會二〇一〇年三月十三日，偕同澹廬書會赴彰化和美道東書院、員林興賢書院及鹿港文開書院參訪，並與彰化縣書法學會及文開詩社進行交流。
公文檔案2010年4月8日	臨時理事會	二〇一〇年四月六日（星期二）下午五時假臺北市天祥路吉祥樓餐廳召開，會中通過：秘書長陳碧霞請辭案，新任秘書長由張建華接任，另置副秘書長一人，由吳秀真擔任，會計員由王尚義擔任。
第二屆第三次會員大會手冊2011年3月6日	工作報告	本會應松山社區大學之邀，於二〇一〇年五月八日（星期六）於「錫口文化季」中舉辦詩詞吟唱等活動。 本會應臺北縣文化局之邀，於二〇一〇年七月二日至七日，參與板橋林園與廈門鼓浪嶼菽莊園國際交流之演出。出席會員有林正三、陳欽財、翁正雄、張耀仁、洪淑珍、蔣孟樑、張錦雲、賴添雲、吳秀真、王尚義、王前、楊錦秀等十二人。 本會應臺北孔廟管理委員會之邀，參與國際花卉博覽會藝文

（續）

報號／日期	訊息標題	記事
		演出。十一月七日，由常務理事洪淑珍率領詩學研習班成員於大佳園區作吟唱表演。
第三屆第一次會員大會手冊 2012年 3月4日	工作報告	本會應臺北市立社會教育館之邀，參與該館籌辦之「臺北百年‧光陰的故事」展覽，展期十月十一日至十一月二日。常務理事洪淑珍、副秘書長吳秀真應邀於十月十五日（六）開幕典禮中作詩詞吟唱表演。 本會應臺北市文化局之邀，十一月二十七日（星期日）於「臺北詩歌節」中假重慶南路國北教大南海藝廊「綠葉發花——當代古典詩之夜」場次，主談〈詩人眼中的臺北意象〉。
公文檔案 2012年 3月15日	第三屆第一次會員大會會議記錄	二〇一二年三月四日（星期日）假臺北市天祥路吉祥樓餐廳舉開本會第三屆第一次會員大會。進行理監事改選事宜。（名單見前〈瀛社之成立與幹部職掌〉）
第三屆第二次會員大會手冊 2013年 3月24日	工作報告	二〇一二年六月二十三日，林家花園邀請本會會員洪世謀、洪淑珍、康濟時、廖碧華、甄寶玉、王庚春、王尚義、謝清龍、陳素真、游振鏗、鄭中中、吳秀真等於端午節當日進行詩詞吟唱表演。 第三屆臨時理監事聯席會二〇一二年七月一日（星期日）上午十時於天祥路吉祥樓餐廳召開。會中通過本會向法院申請為社團法人。（臺北地方法院登記處於二〇一二年七月二十七日發給社團法人登記證書） 本會二〇一二年九月應臺北市文獻委員會之邀，參與該會六十周年紀念專輯所籌辦之竹枝詞《觀見臺北第一》徵詩活動。
瀛社題襟集	中秋例會	二〇一二年十月十三日（星期六）假吉祥樓餐廳舉開，首唱〈懷詩聖杜甫〉七律，因舉辦「詩聖杜甫一千三百歲記念會」，無次唱。
公文檔案 2013年 3月28日	第三屆第二次會員大會會議記錄	本會第三屆第二次會員大會二〇一三年三月二十四日（星期日）假吉祥樓餐廳舉開，會中通過：追認許哲雄理事長以林正三名義捐贈本會之房屋，包含土地（新北市瑞芳區中央路48巷吉祥園18號5樓）。

（續）

報號／ 日期	訊息標題	記事
第三屆第 三次會員 大會手冊 2014年 3月9日	工作報告	二〇一三年七月十九日，本會副理事長洪淑珍、常務理事洪世謀、康濟時及秘書長吳秀真應臺灣文學館之邀，錄製戰後臺灣古典詩詞吟唱影音檔並於「戰後臺灣古典詩特展」中播放供觀眾聆賞。本會更提供部分文史資料參與特展。 本會二〇一三年八月四日（星期日）應「財團法人醒覺文教基金會」之邀，前往南投縣埔里鎮參加詩詞吟唱交流聯誼活動。 二〇一三年八月六日臺灣文學館「戰後臺灣古典詩特展」，本會理事長許哲雄率本會名譽理事長林正三、副理事長洪淑珍、常務理事洪世謀、監事吳東晟及秘書長吳秀真參加開幕典禮。 本會受財團法人中國書法藝術基金會委辦徵詩比賽，於二〇一三年九月二十二日完成。下午二時至四時假臺北市雙蓮國小視聽教室，結合徵詩比賽作品頒獎典禮舉行「臺灣古典詩詞吟唱發表會」。 本會二〇一三年十月二十日上午九時至下午五十假臺灣師範大學教育大樓教二〇一室演講廳舉辦「瀛社與臺灣詩學發展」學術研討會。 本會理事蔣孟樑及會員王前榮獲由臺灣資深青商會主辦之第二十屆全球中華文化藝術薪傳獎之書藝獎（書法）及文藝獎（詩聯）。 本會洪淑珍副理事長應臺灣文學館之邀，於二〇一三年十一月二十三日及三十日擔任「古典詩詞誦讀吟唱研習班」講師，並於十二月八日舉開成果發表會，本會秘書長吳秀真及監事吳東晟及會員施得勝亦到場參與。
第四屆第 一次會員 大會手冊 2015年 3月15日	工作報告	二〇一四年五月二十二日臺北市文獻委員會徵詩，觀看舊照片以竹枝詞書寫。本會理監事及工作人員共計三十二人詩作入選。（詩作刊於《臺北文獻》季刊直字第188期） 二〇一四年六月二十八、二十九日，華嚴學會舉辦兩天一夜詩會。於六月十日徵詩、徵聯入選之會員均獲邀參加。會中

（續）

報號／ 日期	訊息標題	記事
		並有現場擊缽。本會洪淑珍副理事長、吳秀真秘書長於會中吟唱前十名會講詩作。 二〇一四年七月二十七日（星期日）「曹秋圃百二十歲誕辰紀念書法展」開幕式於國父紀念館舉開，本會副理事長洪淑珍、常務理事康濟時及秘書長吳秀真獲邀現場吟唱曹大師詩作。 二〇一四年十月四、五日本會舉辦兩岸詩文交流，邀請福建省詩詞學會、龍巖市詩詞學會、惠安詩詞學會及崇武詩社共十人前來交流。十月四日上午前往拜謁靈泉禪寺並至基隆市議會觀賞本會「鄉土吟懷——瀛社百五周年詩書巡迴展」，下午於本會會館進行兩岸詩學交流。五日上午中正紀念堂巡禮，下午假第一大飯店十一樓會議室舉行「瀛社百五周年慶祝大會」、與會詩人學者約二百餘人。 二〇一四年十月十八日，本會名譽理事長林正三榮獲臺灣資深青商會主辦之「第二十一屆全球中華文化藝術薪傳獎」之文藝獎。 二〇一四年十月二十九日（星期三），宜蘭「鑑湖堂詩詞吟詠暨書畫雅會」邀請本會洪淑珍副理事長、康濟時常務理事、洪世謀常務理事、張錦雲理事及吳秀真秘書長前往吟唱表演。 二〇一四年十二月十八日下午二時，本會主辦「雅韻山河兩岸當代詩詞代表座談會」，與會者大陸代表有：蔡世平（中華詩詞研究院副院長）、趙為民（北京大學教授）、趙松元（廣東省韓山師範學院中文系主任）、趙安民（中國書籍出版社副總編輯）、江嵐（《詩刊》雜誌社編輯部副主任）、莫真寶（中華詩詞研究院學術部負責人、《心潮詩詞評論》編委）、陳爽（中國國學研究與交流中心對外交流合作處副處長）、劉威（中華詩詞研究院編輯部負責人）。

（續）

報號／ 日期	訊息標題	記事
第四屆第 二次會員 大會手冊 2016年 3月13日	工作報告	二〇一五年十一月十一日（星期三）晚上臺灣瀛社詩學會常態性講座，由胡倩茹老師主講〈陶淵明的田園詩〉。
第四屆第 三次會員 大會手冊 2017年 2月26日	工作報告	本會第一屆大專生研習，（2016年）七月九、十兩日於基隆靈泉禪寺舉辦。 本會周理事長（2016年）七月十六日，假南京東路二段彭園參廳宴請來訪之閩西龍岩詩詞學會貴賓盧先發等一行。 第二屆海峽兩岸中華詩詞論壇暨「聶獎」頒獎大會，（2016年）十月九日於武漢洪山賓館會議廳舉行，以正式公文邀請本會參加。由名譽理事長林正三率團與會，擔任第三組研討會主持並發表論文暨受獎。 本會（2016年）年度吟唱發表會，十月二日假ngo會館圓滿舉行。
第五屆第 一次會員 大會手冊 2018年 3月18日	工作報告	2017年2月26日，第四屆第三次會員大會，鑒於目前瀛社會員人數不多（102位）理監事應縮編為理事15人、監事5人。 本會《續修臺灣瀛社志》於2017年2月印製出版。 慶祝本會成立108年詩書展「心聲心畫」，2017年7月8日假臺北市議會一樓文化藝廊舉行開幕茶會，冠蓋雲集。 第二屆全臺大專院校學生古典詩研習會，因颱風延期，於2017年8月5日，於基隆靈泉禪寺舉行，於周理事長公布得獎名單並頒獎後圓滿結訓。 2017年10月1日，年度古典詩詞吟唱發表會，假青島東路8號ngo會館舉行，圓滿成功。
第五屆第 二次會員 大會手冊 2019年 5月12日	工作報告	本會林沐謙教授應《乾坤詩刊》及臺北市立圖書館大同分館之邀，於6月30日上午，假北市重慶北路三段318號大同分館發表〈宋韻重唱〉演講，並由本會常務理事洪淑珍女史演唱。 本會常務理事吳東晟，11月2日上午，應臺南大學國語文學系之邀，於其文薈樓作〈對聯寫作〉專題演講。

（續）

報號／ 日期	訊息標題	記事
第五屆第 三次會員 大會手冊 2020年 5月23日	主席報告	第一屆「雪漁盃」先賢詩選競詠自拍比賽，2019年11月15日截止，計收33件，入選12人。 第二屆「雪漁盃」先賢詩選競詠自拍比賽，2020年4月30日截止，計收30件，入選18人。 本會110周年紀念全國詩人聯吟大會，於12月15日（星期日），假晶宴民權會館辦理，並就「雪漁盃」先賢詩選競詠自拍比賽頒獎，是會參加百餘人。
第六屆第 一次會員 大會手冊 2021年 3月28日	工作報告	第三屆「雪漁盃」先賢詩選競詠自拍比賽，2020年12月31日止，收27件，入選14名。

第二屆世界詩人大會合影

瀛社創立九十週年全體社員攝影留念（1999 年）

瀛社類似詩社聯合社之特性

許惠玟

臺灣文學館研究員

林正三

臺灣瀛社詩學會理事長

　　「瀛社」自明治四十二年（1909）成立迄今，已屆百年。當時與臺南南社、臺中櫟社同為詩社中之翹楚，居古典詩界領導地位，經數十年遞嬗，南社與櫟社相繼停止活動，唯獨「瀛社」屹立至今。細考其原因，可能與「瀛社」屬於開放性之社團有關。「瀛社」的開放性頗類似於詩社之聯合社，除本社原有社員外，並接受其他詩社之整團加盟，而能融為一體，這是瀛社有別於其他詩社之處。

　　「瀛社」成員並非只單一參加「瀛社」而已，許多社員同時橫跨其他詩社，或是先參加其他詩社，俟「瀛社」成立之後再行加入，因此多數社員具有二個詩社以上社員的身份，跨社情形極為普遍，但是不同於其他詩社的跨社情形，「瀛社」這些社員的「原屬母社」，與「瀛社」間關係極為緊密，這些詩社之中或成立於「瀛社」之前，或成立於之後，或和「瀛社」並存，不管成立時間早晚，大多是全社加入「瀛社」，與「瀛社」融為一體，有的甚至因為過於投入，反使「原屬母社」消失。若仔細分析其參與社團，除原有創社社員外，還包括「瀛東小社」、「星社」、「天籟吟社」、「淡北吟社」、「高山文

社」、「小鳴吟社」、「萃英吟社」、「聚奎吟社」、「潛社」、「松社」等大部分成員，於今略依各社成立先後，略敘如下：

一　瀛東小社

「瀛東小社」前身為「詠霓詩社」，該社成立於明治三十八年（1905），當時是由樹林黃純青、王百祿，土城王少濤及劉克明等為保存中國文化而發起。社名為板橋趙一山所號，蓋取「眾仙同日詠霓裳」之意。會員有臺北蔡信其、劉篁村，板橋鍾上林、黃純青、王希達、王百祿、李碩卿、王少濤，桃園葉連三、呂郁文、羅舜卿、羅守寬、林麗卿、黃國棟，新竹魏潤庵，苑裡鄭聰楫，大甲莊雲從等。因會員散處各地，聚會不易，故由值東出課題通知社員，詩作皆以通訊方式為之。由於聯絡不便，只維持一年，即告終止。

嗣「瀛社」成立後，原「詠霓詩社」成員亦另組「瀛東小社」。據明治四十三年三月二十六日《臺灣日日新報》三五七一號〈詩社復興〉一則消息云：

> 前北部人士李碩卿、葉連三、王名受諸子，連絡中北詩人設詠霓詩社，輪流課題，不意至竹城某值東手，遽爾中止，同人憾之，近樹林區長黃純青及名受、雲滄諸氏，復擬重興再設，改顏瀛東小社……。

由於活動方式，仍沿襲「詠霓詩社」由值東出課題，以通訊方式通知社員，頗為不便。加上社員散處各地，活動力日減，其後，部分成員直接加入「瀛社」成為正式社員。「瀛東小社」本社之活動，反而漸趨岑寂。而居住於桃園地區之社員，則另張旗鼓，如明治四十四

年五月四日《臺灣日日新報》三九三一號〈鶯啼燕語〉一則消息云：

> 臺北瀛東小社社員，桃園人居多，諸人近更合其廳下諸吟侶，
> 別創詩社，顏之曰桃園吟社……。

　　又桃園與臺北間，因地利與交通之方便，「瀛社」與「桃社」之
社員相互酬唱，往來頻繁。大正三年（1914）「瀛社」秋季大會時，
「桃社」社長簡朗山倡議瀛、桃合併，獲二社贊同，遂於次年六月成
立「瀛、桃聯合擊鉢吟會」，此次合併係採課題聯合及共同舉開擊鉢
吟會方式，並非完全併入。事見大正四年六月二十一日《臺灣日日新
報》五三八八號〈瀛桃聯合會紀盛〉一文。其後更發展為瀛、桃、竹
三社聯合課題，及一年四季之聯合擊鉢吟會。一直持續到大正十三年
四月二十五日「瀛社」舉辦臺灣全島聯合吟會後，始告終止。

二　星社

　　「星社」之前身為「研社」，成立於大正四年乙卯（1915），社址
設於永樂町林述三之礪心齋書房。社員計有張純甫、林述三、駱香
林、歐劍窗、杜仰山、吳夢周、李騰嶽、陳潤生、蔡三恩、林湘沅、
及黃春潮等。其中林湘沅與黃春潮原為「瀛社」之創社員，而張純
甫、林述三、陳潤生、顏德輝諸氏亦陸續加入「瀛社」，至大正十三
年「瀛社」改組時，陳潤生、林湘沅皆已下世，張純甫、林述三、顏
德輝等列為舊社員。「研社」成員原多以「痴」為號，如純甫號「寄
痴」、述三號「怪痴」、騰嶽號「夢痴」等。

　　「研社」一九二一年改組為「星社」，不置社長，以年齡為序，
輪流值東，社員雅號以「星」字代「痴」字，林湘沅號「壽星」、黃

水沛號「春星」、李騰嶽號「夢星」、陳心南號「秋星」、張純甫號「客星、寄星、漁星」、杜仰山號「劍星」、歐劍窗號「慧星」、林述三號「怪星」、吳夢周號「零星」、陳大琅號「福星」、蔡癡雲號「流星」、施萬山號「參星」、駱香林號「星星」、周咸熙號「朗星」、顏德輝號「景星」、鄭如林號「曉星」、曹水如號「螢星」、王子鶴號「孤星」、薛玉龍號「奎星」、陳子鉞號「明星」、高肇藩號「壁星」，章圃樵、容竹儒、劉碧山、郭鷺仙、陳世杰五人有名無號。後又加入林其美（青蓮）、黃洪炎（可軒）、陳薰南（覺齋），最後加入者為黃梅生號「少星」。

　　「星社」首先參與「瀛社」社內諸活動，而後才漸漸成為「瀛社」成員，並主催多次例會與擊鉢吟會。大正十一年三月十五日，《臺灣日日新報》七八二七號〈瀛社十五年紀念〉一則云：

　　　　瀛社十五週年紀念祝，……瀛社員及桃社、竹社、星社、小鳴社諸詞友，……張純甫君代表星社，李碩卿君代表小鳴吟社，各述該社友入瀛社希望，謝雪漁君代表瀛社贊成意。磋商會則，顏雲年君起為逐條朗讀一遍，字句間加二三修正，全部可決……。

　　該條記載可以視為「星社」正式加入「瀛社」的明證，並可知「星社」約與「小鳴吟社」同時加入，正式納入值東輪值表中，大正十二年一月九日，《臺灣日日新報》八一二七號〈瀛社新年小集〉云：

　　　　瀛社新年宴會兼擊鉢吟會，經去七日午後二時，開于稻江東薈芳旗亭，是日值東為星社諸吟友……。

然而自大正十三年三月後，即未見以「星社」名義參加「瀛社」之聯吟活動。有的只是以個人之身分參加而已，如張純甫、蔡痴雲、杜仰山、林其美、黃梅生、李騰嶽、高肇藩等。

三　小鳴吟社

基隆地區最早成立之詩社為「小鳴吟社」。該社發起人為蔡癡雲、張一泓、鄭如林、黃梅生等。贊成者為陳子經、林衍三、呂瑞珍、王子清、劉振傳、施少敏、陳新枝、周步蟾、林錦村、劉明祿、黃昆榮、陳庭瑞、蘇世昌、李石鯨、簡銘鐘等。

小鳴吟社創於大正十年八月二十四日，次年三月十五日，《臺灣日日新報》七八二七號〈瀛社十五年紀念〉一則已提到「小鳴吟社」參與「瀛社」活動事宜：

> 瀛社十五週年紀念祝，……開於稻江顏雲年君新築別邸。午後二時，瀛社員及桃社、竹社、星社、小鳴社諸詞友……。

此後不久即全社加入「瀛社」輪值，大正十二年五月十日，《臺灣日日新報》八二四八號〈瀛社擊鉢吟例會〉即云：

> 瀛社擊鉢吟會，者番輪值基隆。……又此後小鳴吟社詞人，擬全部編入瀛社，易名為瀛社基隆分部……。

大正十二年十月二日，《臺灣日日新報》八三九三號〈瀛社擊鉢吟會況〉一也提到云：

瀛社擊鉢吟會，桃社、天籟吟社、星社、小鳴吟社俱參加，去
三十日午後二時起，在江山樓設席，為林小眉、林石崖二氏，
開歡迎送別吟宴……。

此後則消息漸杳，據《詩報》第六號「網珊吟社沿革」所載：

基隆網珊吟社，創自距今十年前，辛酉歲。其初為小鳴吟社。
置會場於現址保粹書房內，同時附組漢學興新會，……於會
場內開夜課，共聘現代表李碩卿氏，負講導之責，迄今十年如
一日。吟侶多由此造出，基津風雅，賴以不墜者，實基於斯
會……。

可知「小鳴吟社」後來確已改組為「網珊吟社」，時間在成立之
後五年，即賴子清所說的大正十五年（1926）。然而《詩報》該文卻
又與《臺灣日日新報》記載有出入，大正十四年九月二十二日《臺灣
日日新報》的〈翰墨因緣〉即已出現「網珊吟社」的活動記錄：

網珊吟社，去十四日，在草店尾街，保粹書房，開組織成立後
總會，並唱第一回擊鉢吟……。

可知「網珊吟社」活動時間應該更早，在大正十四年九月十四日
即完成改組，時間約早《詩報》所載一年，並在大正十四年活動頻
繁，陸續在報上刊載課題徵詩與例會資訊等相關資料，皆可確認「網
珊吟社」於大正十四年即已成立。

四　高山文社

「高山文社」乃顏笏山於日大正十一年（1922）農曆正月九日所創，辦事處原設於龍山寺後殿右室，後移至顏懋昌宅中，大正十一年二月八日《臺灣日日新報》七七九二號即載：

> 艋舺顏笏山氏，此際為振興漢學，倡設「高山文社」，顏氏久設書塾，於漢學有素養者。

「瀛社」與「高山文社」的詩社交流，最早約可見於大正十四年三月十八日《臺灣日日新報》八九二六號載：

> 有瀛社、櫻社及他友社多數參加，頗稱盛況云。

爾後不久「高山文社」即加入「瀛社」輪值，正式成為「瀛社」成員，大正十四年八月十八日《臺灣日日新報》九七○九號〈瀛社月例會〉云：

> 瀛社月例會，此回輪值高山文社，去十六日下午三時起，開於臺北市中有明町四丁目劉姓宗祠內。來會者五十餘人……。

可知最遲至大正十四年八月時已正式成為「瀛社」值東，並可能是全社加入，故與「星社」、「小鳴吟社」一樣，均保持完整社名。另據龍崗老人與駱子珊合撰之〈高山文社〉一文指出：

> 高山文社之名，乃取諸《詩》之「高山仰止」景仰孔聖人之

意。創立於民國十一年（壬戌），其主旨以詩文並勵，然多事於詩，而少於文。每逢孔誕舉行釋典，飲福敲詩，……社長初為顏笏山，次為倪炳煌，現為笏山之子世昌繼承（按：再為顏懋昌），該社辦事處原設艋舺龍山寺後殿右室，該寺總管理人故吳昌才曾為該社副社長……。

該社社員有：顏笏山、倪希昶、吳昌才、謝汝銓、魏清德、吳永富、陳其春、蔡彬淮、陳郁文、王祖派、歐陽朝煌、林搏秋、劉克明、林佛國、黃贊鈞、黃世勳、蔡石奇、李永清、陳鑑昌、駱友漁、黃福林、李根生、顏懋昌、駱子珊、洪玉明、吳桂芳、陳子皮、林長耀，施瘦鶴、劉斌峰、黃文虎、黃承順、黃成發、吳淵春、駱良璧、倪世敏、李錫慶、楊朝枝、林萬來、黃衍派、江榮福、蘇源春等。劉克明並曾任該社「名譽講師」，吳昌才則曾任「名譽社長」。

其中日據時期社員，大部分均跨入「瀛社」，「高山文社」也是北臺詩社中存有完整社規之詩文團體，內容見於駱子珊〈顏笏山先生與高山文社〉一文，並制定每年農曆八月二十七日舉行祀孔典禮，歷數十年而不間斷。

自七○年代以後，成員陸續凋零，至二○○四年十一月二十四日，最後任社長陳焙焜過世後，該社已正式走入歷史。

五　淡北吟社

淡北吟社成立於大正十一年（1922）三月二十二日，當時在《臺灣日日新報》並未見及有關訊息。到大正十二年三月八日，《臺灣日日新報》第六版〈淡北吟社徵詩〉一則則有以下報導：

> 稻江淡北吟社，自成立以來，社員漸見增加，茲逢一週年，若乘此時機，為第一回徵詩紀念……。

　　淡北吟社社長劉育英，字得三，為北市名儒，與張晴川、莊于喬、郭春城、李白水等四十餘人，組織「淡北吟社」，被舉為社長，副社則為長杜冠文氏。成員中包括劉得三、杜冠文、張晴川、莊于喬、劉劍秋、李世昌、吳茂如、周煥章、陳華堤、周維明、李神義、王伯端、黃雲實、杜淡川、王雲水、任聱仙、張秋帆、張榮西、黃鶴樵、蔡敦輝、張世楨、李金惠、江玉振、李白水、洪汝霖、郭彼岸、謝雪樵、郭春成、邵福日、蔡雪溪、曾笑雲、劉劍秋、林錦堂、黃笑園、李集福、陳榮枝、施明德、張秋帆、黃一鵬、黃雪岩、劉萬傳等。

　　該社成員之加入「瀛社」，可於大正十二年十月三日《臺灣日日新報》八三九四號之〈淡北吟社總會況〉一則訊息的得知：

> 該社於去月三十日午後一時半，開秋季總會於該事務所，由杜冠文氏代理劉育英社長開會辭，莊于喬、張晴川社務報告，劉劍秋收支報告，蔡敦輝演說各界好評。然後重選役員，增改社規，提議參加瀛社吟會……。

　　到了大正十二年十月十五日《臺灣日日新報》八四〇六號「瀛社聯吟會會期」則已正式成為值東：

> 瀛社聯吟會，經如前報，第一回值東者，為淡北吟社，會期業定來十七日，即神嘗祭日。午後二時起，會場假東薈芳，希望會友，多數出席云。

其後，社員相繼凋零，至一九八〇年代周維明、李神義、張晴川、李世昌、劉萬傳謝世後，該社即鮮有活動。及至九〇年代，張國裕、莫月娥、李宗波曾予復社，並與桃園蘆竹吟社、新竹竹社輪辦淡、竹、蘆三社聯吟，而今則有洪淑珍、楊維仁等繼其餘緒。

六　天籟吟社

「天籟吟社」乃礪心齋書房林述三集門人所創立，成立日期，據臺大教授黃美娥考定為一九二二年十月二十一日。該社日據時期成員，據潘玉蘭《天籟吟社研究》所列有：林述三、林夢梅、林恩憙、林錫麟、林錫牙、林錫沅、林錫可、林承平、林金俊、林學宜、林連榮、林清敦、林錦堂、林笑書、林映西、王兆平、李源振、李集福、李世昌、李慶賢、李嘯峰、李肖品、何椒薌、呂金河、吳永遠、洪玉明、卓周紐、周耀東、柯子邨、高肇藩、高墀元、徐風銓、許寶亭、許世傳、葉田、葉念儂……等，陳鐓厚《天籟吟社集》另列有：鄭安邦、曾潮機、陳鐓厚、盧本源、葉子宜、黃笑園、歐陽溪水、張呂烟、李天鷺、傅秋鏞、廖慶源、張國裕、葉世榮、陳榮枝、林錦堂、劉萬傳、陳椒薌、勤威鳳、凌淨嫆、姚敏瑄、郭素貞、姚淑瑀、吳玉霜、連阿梓、林安邦、連有諒、薛玉龍、賴獻瑞等，加上戰後加入的社員，人數眾多。

「瀛社」與「天籟吟社」的聯繫，起源於擊鉢吟會的參與，大正十二年五月十五日《臺灣日日新報》八二五三號〈瀛社例會盛況〉：

> 瀛社，去十三日午後二時起，開例會於基隆天后宮兩廡。来會者基北瀛社員共二十餘人，外天籟吟社十餘人參加……

　　大正十二年六月十二日《臺灣日日新報》八二八一號〈十日瀛社例會〉：

　　　　……是日臺北、基隆、瀛社友而外，更有多數之小鳴吟社、星
　　　　社、天籟吟社三社員加入，……後期例會，天籟吟社自請值
　　　　東……。

　　可知天籟吟社已於此時正式加入「瀛社」例會的輪值。至於有關
該社成員，加入「瀛社」之情況：社長林述三之加入，約在大正五年
左右，首見於瀛、桃聯吟，在《臺灣日日新報》五六四九號所載之〈太
真春睡圖〉一題擔任左詞宗。當時應是以「星社」之前身「研社」身
分加入。至大正十三年重新改組之「瀛社」題名錄，林氏即列為舊社
員，新社員中，屬「天籟吟社」介紹者為卓夢庵、葉田、李神義、劉
夢鷗、洪玉明、陳明卿、許寶亭七人。至於曾笑雲、黃文生、陳伯華、
倪登玉、賴獻瑞等，乃於昭和八年加入，林錫麟、林錫牙、陳鐵厚等
則於昭和九年始行加入，其他陳清秀、施學樵、鄭晃炎、林恩棧、曾
朝枝、盧戀青、黃文生及劉萬傳，亦都加入「瀛社」為社員等。
　　目前關於「天籟吟社」的研究，已有潘玉蘭《天籟吟社研究》一
書，於此不再贅述。

七　萃英吟社

　　「萃英吟社」為林馨蘭（湘沅，1870-1923）所創，由大正十四
年三月十七日《臺灣日日新報》八九二五號〈萃英二週年紀念〉：

　　　　萃英吟社，去十五日午後二時始，在江山樓，開創立二週年紀

念會，兼擊鉢吟會，並議定課題及擊鉢者番次第，舉幹事三名云。

來看，可以推知其成立時間在大正十二年三月。

大正十三年二月十一日《臺灣日日新報》八五二五號〈萃英吟社詩宴〉：

> 臺北萃英吟社，為歡迎新社長謝雪漁氏，去九日午後二時起，在江山樓，開擊鉢吟會……席上張長懋氏述歡迎辭。

可知繼任社長為謝汝銓。

大正十二年左右，「萃英吟社」曾積極參與「瀛社」之活動。如大正十二年十二月十八日《臺灣日日新報》八四七〇號〈瀛社聯吟會會〉一則云：

> 瀛社聯吟會，此次輪值萃英吟社，即陳愷南、吳如玉、歐陽光扶、李悌欽四氏，經訂來二十二日（土曜日）午後二時，會場假江山樓，希望會友多數出席云。

已正式加入「瀛社」輪值名單。大正十三年一月十三日《臺灣日日新報》八五〇〇號〈墨瀋餘潤〉云：

> 萃英吟社諸吟侶，自林湘沅君歿後，敦請雪漁為其社長，至昨始得承諾，該社友共為欣快，而同人則以雪漁多此一長，詩債更還不了矣。（謝氏至大正14年10月辭去，見《臺灣日日新報》9147號）

由於謝汝銓本身即為「瀛社」中堅的緣故，故二社活動的重疊性隨之升高，大正十三年九月四日《臺灣日日新報》八七三三號之〈瀛社題名錄〉中，由「萃英吟社」介紹六人即：歐陽光扶、吳如玉、李悌欽、陳愷南、周磐石、蔡敦輝等。到大正十五年十一月九日《臺灣日日新報》九五二七號〈翰墨因緣〉云：

> 萃英吟社本期值東為朱俊英氏，去七日午後二時起，假林本源嵩記事務所開擊鉢吟會，社員出席者數十名。詩題〈雲外山〉，七絕陽韻……。

其後即未再見到該社訊息，而該社大部分成員則活躍於「瀛社」之大小吟會，較基隆「小鳴吟社」之併入「瀛社」更為徹底。

八 聚奎吟社

聚奎吟社由陳廷植（培三）首創，該社見於《臺灣日日新報》之訊息，有大正十三年四月九日第八五八三號〈聚奎吟社徵詩〉，而大正十三年七月十五日第八六八○號之〈北部聯吟會況〉一則云：

> 天籟、高山兩吟社主開之北部詩社聯吟會，如所豫報，去十三日午後四時半，開於萬華三仙樓，參加者有瀛、星、潛、聚奎、劍樓、鶴等社，計五十餘名，擬題〈松陰〉，七絕豪韻，獲詩百有餘首，呈詞宗謝雪漁、魏潤菴二氏評閱……。

「聚奎吟社」社員計有四十餘人，皆為陳廷植茂才門生。每月集會一次，辦事處設於臺北市下奎府町陳姓祖祠內。社內亦常舉辦擊鉢

吟會，地點多設於「培德書房」陳廷植宅中，社長即為陳廷植，因對
日人頗有戒心，凡擊鉢所選詩題，皆為平凡題目，不涉政治或時事。
然因年久歲深，所有擊鉢詩稿，均已喪失無存，有關社員資料亦付闕
如。於今再欲搜尋，已杳不可得。

九　潛社

　　「潛社」成立日期，初無記載。有關「潛社」之成員之加入「瀛
社」，見於大正十三年九月四日出刊之《臺灣日日新報》八七三三號
之〈瀛社題名錄〉中，由該社介紹者為陳春松、周水炎、康菊人、倪
登玉、林欽賜、陳尚輝、林錦文、陳水井、何從寬等。而大正十四年
十一月三十日〈翰墨因緣〉則提到「潛社」召開二週年紀念會：「潛
社同人，於去舊十月三日午後四時，假社長歐劍窗氏宅，開二週年紀
念會……。」文中可以確定其創社時間當在大正十二年（1923）左
右。再對照前述大正十二年十一月二十八日「潛社」與「天籟吟
社」、「淡北吟社」合辦之擊鉢吟會，則可更進一步推知「潛社」創立
時間大抵約在十一月前後。至於昭和八年三月十四日《臺灣日日新
報》一一八三〇號〈瀛社祝花朝北州聯吟決定潛社承辦〉一則云：

　　　　瀛社花朝紀念會，去十二日午後二時，開於陳其春氏迎曦
　　　　樓。……席上謝雪漁氏，提議臺北州聯吟會春季大會值東，將
　　　　歸何社引受？結局欲由潛社辦理……。

　　則是「潛社」加入「瀛社」之後，獨立負責的大型活動。《臺灣日
日新報》上所載「潛社」消息止於是年。
　　此外，昭和十一年十一月二日《詩報》一四〇號的〈騷壇消息〉：

臺北潛社自創立至今已閱十二星霜，為不再久潛藏，乃於去古曆中秋日午後一時在該社長歐劍窗氏之浪鷗室，招集新舊社員共六十四名，一到定刻，全部就席。由歐社長發言，重再命名曰「北臺吟社」，一同贊成……。

此條資訊點出「潛社」已改組為「北臺吟社」，時間係在昭和十一年（1936）。另據文中「創立至今已閱十二星霜」推算，應是成立於西元一九二四年，則係大正十三年，與《臺灣日日新報》所載有一年之落差。

十 松社

「松社」成立之時間，據昭和六年八月十五日《詩報》第十八號黃梅生〈松社漢詩研究會序〉云：「松社之設垂一年矣！顧此一年中所得，僅小詩百餘首。……」文末所署日期為庚午（1930）秋日，又依其首句所云「松社之設垂一年矣」逆推，則「松社」之成立當為一九二九年己巳，此與《松社吟集》第一集第一期擊鉢所署一九二九年己巳八月十六日之時間正所吻合。而「瀛社」成員中，整社加入之情況，以「松社」最晚，直到昭和九年（1934）《臺灣日日新報》一二三八五號〈瀛社觀月會席上改組〉一則，才有相關訊息：

瀛社觀月會，……即古曆中秋前一夜，在日新町所開會，蒞會者四十餘名。次年度有松山方面吟友及各方面新加入者十數名……。

然而該社早期之指導老師張純甫，則在「星社」前身之「研社」，

既已加入，在大正十三年九月四日該報八七三三號改組之〈瀛社題名
錄〉中，即列為舊社員。而後任講師陳心南，雖亦屬「星社」之一
員，然加入「瀛社」，卻是一直到昭和十年，始與「松社」成員一同
加入。不過，在未加入「瀛社」之前，該社既已參與籌設「同聲聯吟
會」之組織。如昭和七年五月五日，該報一一五一九號〈同聲聯吟
會〉一則云：

> 大稻埕潛社以外數社及松山松社社員等，合同組成「同聲聯吟
> 會」，……推歐劍窗、林其美、陳復禮、陳茂松四人為幹事，
> 林欽賜、陳友梅、林蘭汀、黃梅生四人為庶務，……又次回主
> 催地，輪值松山云。

又昭和九年三月六日《臺灣日日新報》一二一八四號〈同聲聯吟
會席上籌開臺北聯吟大會〉一則載：

> 臺北州同聲聯吟會，如所豫報，去四日下午二時，開於松山陳
> 復禮氏宅上，出席者臺北、宜蘭、頭圍、基隆其他各地，計六
> 七十名……。

該社早期之成員有陳復禮、陳茂松、黃梅生、林蘭汀、林韓堂、
王子榮、蘇水木、陳金含、陳鎔經、葉瑞堂、莊友蘭、張欣如等，其
中除葉瑞堂、莊友蘭、張欣如外，皆曾加入「瀛社」。「瀛社」與「松
社」聯合活動，直到戰後仍持續進行，二○○○年六月三十日《臺灣
古典詩》上有：「六月三十日，瀛社、松社以〈祝蘇水木詞長壹零參
嵩壽〉五律為題，開催聯吟會於吉祥樓，祝賀社老蘇水木百○三歲嵩
壽……。」

　　以上為「瀛社」成員中所屬之母社，回顧上述各社，至今仍有活動者，除「瀛社」本社而外，唯餘「天籟吟社」、「松社」及「淡北吟社」而已。

瀛社的活動方式與教學概況

林正三

臺灣瀛社詩學會理事長

洪淑珍

臺灣瀛社詩學會常務理事

瀛社之活動方式

瀛社成立之初，原僅實施課題徵稿，其收稿採用郵寄方式，故有設籍在外縣市，甚至旅居海外者，如僑寓神戶之許雷地、陳可發，及閩省泉郡張汝垣、張大藩、許孟搏、李少麓等，人數眾多。其信息之交通，均倚賴《臺灣日日新報》之披露及郵寄方式。爾後由課題開詠，一變為當場擬題拈韻之擊鉢吟，乃是在成立一年八個月後。據明治四十三年（1910）十月十九日《臺灣日日新報》三七四五號〈瀛社觀菊會況〉一則云：

瀛社同人果如所期，於去十六日午後三時，開觀菊會於大龍峒王慶忠氏別墅。是日該社員出席者約半數，而所東招各詩社吟侶，亦有十餘名不辭跋涉，特來與會，如櫟、南、竹三社之社長尤撥忙而來……，且訂翌十七日午前九時始，再開觀櫻會及擊鉢吟會於洪以南君逸園。蓋因洪君逸園所種櫻花，間有一

株，忽於日前盛開也……。至午前九時，齊集逸園，客員與社員約三十名，第一唱題為〈芭蕉〉，限庚韻，第二唱為〈秋海棠〉，限魚韻，第三唱為〈秋柳〉，限歌韻，各限絕句，又限一勾鐘截收，至作多作寡，任人之意，不為制限，各首過謄，置左右詞宗閱卷公平棄取，分元、眼、花、臚各一名，會四名，錄若干名，賞與有差……。社員中以擊鉢吟會為有趣，且可資勉勵，將組織一瀛社中央部擊鉢吟會云。

又次日《臺灣日日新報》三七四六號〈詩戰趣味〉云：

瀛社乘開觀菊會之便，更留櫟社、竹社、羅山吟社、瀛東小社諸詩客，連日開擊鉢吟會，皆傾倒詞源，冀奪錦標。有一唱作至十餘首者，幾於忘餐忘寢。如去十八夜開會於黃丹五君聚春小園，黃君獨力招待，設筵又備賞品，諸人鬥韻，至深夜一勾鐘餘，尚不知倦。詞宗閱卷，深扃一室，而與考者竟環立門外，屏息以俟，如往時科歲試之待榜者然。……所謂名心未泯也……。

自此而後，在臺灣詩壇整個大環境及社中成員熱烈推動之下，流風所播，蔚為我鄉土文化之主流，故全省詩社林立，為他處所不及。其後，遷至臺灣，大陸各省之詞壇俊彥，隨樞府渡海者，不計其數，與本省詞人陶鎔結果，又為詞壇開另一境界，故詩教之興，遠邁前修；詩風之盛，迴勝中原。故云傳統詩之根基在寶島實不為過。

考我臺之擊鉢吟溯自閩省，持續業已百有餘年，而今演變為大小詩會中，千百詩盟鏖戰奪標之場。形式內容由因寄所託演變成祇作解題，缺乏意境與比興。復因限題、限體、限韻、限時之作，以是積數

百篇如出一手，宜乎令人生厭。要知擊鉢之作，祇屬學習中之一個進程，乃三五文友間借此以為進步程度之評量而已，當之遊戲文章可也。然而本省詞壇積習難返，每有詩會，率皆依賴詞宗之出題、限韻。竟有云不加命題、限韻無從著筆者，如此何異強範數百人為一人之詩思。

　　猶記得一九九五年，高雄地區舉辦全臺詩人聯吟，於用韻方面即稍作放寬，採用平聲三十韻當中，依詩友座次隨序輪流使用，可稍避數百首同一韻之弊病，爾後得到其他友社之效法，採用平聲三十韻中任意選用的方式，此舉毋寧是進步的。而筆者自二〇〇五年承乏瀛社社務，即多次略予改革，於命題方式僅設定範圍，由創作者自行命題方式。如二〇〇八年中秋組課題即採自由命題方式，完全未予限制，二〇〇九年冬至組課題採「十個景點任選」方式，二〇一〇年中秋組則採〈題花〉自擬（不限花種）方式，二〇一一年冬至組首唱為〈題詠臺北景點〉，二〇一二年會員大會，首唱乃「就臺北捷運各站或附近景點」做題詠之方式，二〇一三年會員大會則以「題詠雙北市景點」為題，不予限定為某處，如此可稍避雷同之弊。如此漸進式的改革，冀望給予創作者更多迴旋的空間，避免產生雷同的作品。

瀛社之傳承教學

　　瀛社成員之中，早期曾經開班講述詩學者，約有：1.「天籟吟社」，乃林述三集門人所創立，故社員皆其生徒；2. 基隆「小鳴吟社」，係由李碩卿氏負講導之責；3.「高山文社」，指導老師為顏笏山；4.「淡北吟社」，成員中大部分為劉育英之門徒；5.「萃英吟社」，指導老師原為林馨蘭（湘沅），林氏於一九二三年謝世後，曾由謝汝銓短暫接續執教；6.「聚奎吟社」，社員皆為陳廷植茂才門下；7.

「潛社」（後改「北臺吟社」），大抵皆為歐劍窗之生徒；8.「松社」，由張純甫、陳心南兩位名師啟教。故而瀛社之次級團體中，除了「瀛東小社」及「星社」外，都有專門老師為之指導。

　　日據後期及光復初期之資料較為缺乏而無法掌握。直到一九七九年，則周植夫獨擅其場，周師自一九七九年起至一九九五年下世，陸續應邀於臺北、基隆等地講學，生徒裁成之眾無出其右者。此外，第六任社長黃鷗波於其長流藝廊之樓上，亦曾開設詩學研習班。第七任社長陳焙焜，曾對社員作個別指導。而自二〇〇六年瀛社申請立案後，有鑑於詩學傳承及培養新血的重要性，自二〇〇七年起，即於長安西路民安里區民活動中心開設詩學研習班，每年一期，至今已屆十四期，第一期至第八期由林正三主講古典詩學及閩南語聲韻學，每周一小時，洪淑珍從事吟唱教學一小時，八年之中，培養社員近三十人，其中吳秀真、施得勝、簡龍昇、余雪敏、陳素真、許金珍等人，已成中堅社友。自二〇一五年第九期起，改由黃鶴仁主講古典詩學，時間並增為每週二小時，洪淑珍吟唱教學仍為一小時。至二〇二一年將屆七期，上課時間加倍，卻鮮有新血裁成，於此可證教學方法之重要性。以上為瀛社詩學研習班之概略。

　　而林正三則自一九九五年初於松山慈惠堂開班伊始，陸續於臺北覺修宮、基隆仁愛國小「中原正音」班、鹿港社區大學、臺北市中山社區大學、松山社區大學等主講古典詩學及聲韻學。其中各班學員曾加入瀛社者，前後即有數十人之多。其他社友於各地開班者如蔣孟樑、邱天來、王前、陳欽財等於基隆開班，黃天賜於長安西路臺灣歌仔學會開班、林彥助於臺北國父紀念館開班，翁正雄於新莊開班（松社）、張錦雲於龍山寺開班、康濟時於新店開班，各班亦皆續有裁成。另洪淑珍、余美瑛、吳秀真等，於各社教單位指導詩詞吟唱。

　　臺灣文學館許惠玟於《瀛社會志・結論・師生關係的緊密結合》

云：

> 「瀛社」社員陸續加入的主要原因。以師生關係作為詩社成立核心的，當以日據時期「天籟吟社」為代表，該社社長林述三同時也是社員的詩學老師，因此社員關係較為緊密。相較之下，戰前「瀛社」社員間的師生關係並不如「天籟吟社」，再加上其本身的開放且不設限的性格，因此對於社員並沒有太大約束力。這種情形在九〇年代之後開始轉變，由社員自述的簡歷來看，其開始創作古典詩，多半由於自身興趣，進而主動學習。學習管道或是自修，或是跟隨詩學老師，而這之後的許多「瀛社」社員加入，就多半和老師帶領有關，形成另一股維繫「瀛社」運作的主要力量。

據許氏之統計，瀛社於一九八五年以後之成員，各位老師所屬門生，陳榮亘受魏清德指點；曹容的學生有：張埴爐、蔣孟樑等；林錫麟的學生有：鄞強、施勝隆等；李有泉的學生有：鄞強；周植夫的學生有：林正三、黃鶴仁、高丁貴、鄭水同、林春煌、張埴爐、王前、葉金全、蔣孟樑、林麗珠、許又勻等；張高懷的學生有：鄞強；黃鷗波的學生有：許文彬、賴添雲、王錫圳、吳裕仁等；李春榮的學生有：吳契憲、吳茂盛、張耀仁、林禎輝、吳國風、游振鏗、駱金榜、林振盛、林惠如、陳麗卿、許又勻、陳保琳、洪淑珍等：姚德昌的學生有：楊阿本、陳針銅、李政村等；傅秋鏞的學生有：楊振福；陳榮亘的學生有：姚啟甲、陳妧妗、陳碧霞、陳麗華、許又勻等；陳兆康、邱天來的學生有：許欽南；陳焙焜的學生有：洪淑珍；許漢卿的學生有：駱金榜；楊振福的學生有：歐陽開代、姚啟甲、陳妧妗、陳碧霞、張民選、陳麗華、洪淑珍、蔡業成；黃天賜的學生有：許又

勻、廖碧華、甄寶玉、李珮玉等；林彥助的學生有：廖碧華、甄寶
玉；林正三的學生有：吳契憲、吳茂盛、張耀仁、林禎輝、游振鏗、
駱金榜、吳國風、楊志堅、林惠如、張民選、陳麗華、張建華、李珮
騏、余雪敏、吳秀真、陳麗卿、廖碧華、甄寶玉、陳保琳、洪淑珍、
林劍鏢、孫秀珠、沈淑娟、許秉行、周福南；劉清河的學生有：張建
華；翁正雄的學生有：邱進丁；洪淑珍的學生有：余雪敏、吳秀真。
（統計至2008年為止）許氏又云：

> ……由以上統計，可以看出新社員的加入，多半是受到其詩學
> 老師的影響，形成由老師帶領學生入社的情形，甚至代代相傳。
> 社中以周植夫、林正三、李春榮、楊振福、黃鷗波、陳榮弨、
> 黃天賜、姚德昌等社友的門下學生人數較多。其中周植夫為林
> 正三的老師、林正三為洪淑珍之師，洪淑珍又指導學生；此
> 外，傅秋鏞為楊振福之師，陳榮弨受過魏清德指點，都是師生
> 同入一社的情形。……如果說社員的詩歌創作是一種興趣，屬
> 於「主動」學習的話，老師的帶領就是入社的「被動」助力，
> 在戰後至今「瀛社」的存續中，扮演著不可或缺的重要角色。

　　筆者個人教學時使用之教材，主要有《唐詩三百首》、《宋元明詩
評註》、《清詩評註》、《詩經》、《臺灣漢詩三百首》、《閩南語聲韻
學》、《音韻闡微》，歷代論詩之詩話，以及《聲律啟蒙》、《幼學瓊
林》等有關之詩學之蒙書。

　　而個人之教學，向以人品為重，曾以「未讀詩書先立品」勗勉學
員。而學員之中，有為閩南語之聲韻而來者；有為學習古典詩之創作
而來者；有為讀書而來者；亦有單純為排遣退閒時光而來者，需求不
一，此乃民間學塾之通例。另有別為所圖而來，一有不合己意則去之

者；更有於背後誣師謗師者，對於後者，個人則採「逐出門牆，以為炯戒」之方式，至今已二人矣。

　　以上就個人所知，將瀛社的活動方式與傳承教學概況，作一敘述，其中或有個人所不知，及不夠完善之處，尚祈大雅方家及社中耆老諒宥。

古典詩詞吟唱聲韻及其在
瀛社之推展

吳秀真

臺灣瀛社詩學會副理事長

　　加入臺灣瀛社詩學會（以下簡稱瀛社）已經十幾年，在臺北市松山社大教授閩南語古典詩詞吟唱也超過十年了！記得二〇一一年林正三老師連任第二屆瀛社理事長，而我第二年接任秘書工作時，民間詩社鮮有人知道瀛社人的吟唱實力！一般印象中只以為瀛社社員只會寫詩而已！從我開始接任秘書工作，歷經第二屆林正三理事長及第三屆許哲雄理事長前後五年間，我每年都幫瀛社申請臺北市政府文化局的補助來舉辦年度吟唱發表會，甚至第四屆周福南理事長時我也幫忙籌劃繼續舉辦，因此前後八年漸將瀛社吟唱實力展現出來。每年的吟唱發表會主要以瀛社部分會員、在外教授吟唱的老師們的獨吟及其學生們合吟為主以外，也曾邀請少數友社同好及實踐大學玉屑詩社前來表演；連月琴、古箏、電子琴等都曾出現在發表會表演當中。瀛社多位會員也曾代表瀛社到處去吟唱表演，甚至於前往大陸學術交流暢吟古典詩詞，而我也是其中之一。於許哲雄理事長任內更舉辦瀛社一〇五週年慶祝活動，邀請對岸詩社前來臺灣共襄盛舉，成功大學已故教授吳榮富也帶領交換學生前來表演詩詞吟唱，真可謂一大盛況！大陸學

術單位及出版社等社團也曾因慕名瀛社而蒞臨臺灣與瀛社作交流，彼此分享詩作、書法與詩詞吟唱，記憶最深的是有來自北京大學的教授級人物！多年來我們也努力在瀛社網站植入多位吟唱教學老師的視頻，分享給詩詞同好聆賞並學習，連對岸都有不少的詩友前來取經。

我初入瀛社即參加由林正三和洪淑珍老師協同教學之古典詩學暨詩詞吟唱研習班，因緣際會之下，在我身為秘書工作時，經林正三理事長的提攜，我跟著他在臺北市松山社大協同教學，我教授古典詩詞閩南語吟唱的部份。俗云教學相長，所言不虛！雖然我跟隨林老師學過閩南語聲韻學但總嫌不足！所以在這麼多年的教學中我努力精進我的聲韻學，並試著將古漢語八音正確讀法與音樂結合在一起，度出古雅韻味曲風的古典詩詞吟唱！漸漸的我代表瀛社前往大學及民間社團演講，所到之處我必然先介紹瀛社，我想讓更多人認識瀛社！瀛社是一個古老詩社，成立於日據時代，至今有著一一二年的歷史，期間從未間斷過例會活動，是臺灣唯一的奇蹟！我以身為瀛社一份子為榮！

說到古典詩詞吟唱為何要用閩南語來吟唱呢？那是因為閩南語相當於唐宋時期的官方語言。因此當我們朗誦或吟唱唐詩宋詞時，應當用當時的官方語言，才能顯現出那個時代詩詞的原貌，而欣賞到曼妙的韻律之美！如果我們用一般國語來朗吟唐詩宋詞，就是無法欣賞到聲律帶給我們的震撼人心的感受，完全會失去該有的韻味！

閩南語有平、上、去、入四聲八個音調（每一聲皆各有清濁），詩詞朗吟應以文讀音為佳，但為了方便記誦以易記之語音（幾乎非文讀音）來標示如下：衫（sann 第1音）短（de 第2音）褲（khoo 第3音）闊（kuah 第4音）人（lang 第5音）善（sain 第6音）鼻（phinn 第7音）直（dit 第8音），第一、五音屬平聲，第二、六音屬上聲，第三、七音屬去聲，第四、八音屬入聲。調值方面，閩南語第一音相當於國語第一音（衫、東），閩南語第二音相當於國語第四音（短、是），閩南語

第三與第七音目前無法分辨，因此發音一樣而相當於國語第三音的前半段（對、鼻、可），閩南語第五音相當於國語第二音（人、雲），至於閩南語第六音，只要你會講臺語的「臺北市」那個「市」字就是第六音的調值，至於第四、八兩音乃是閩南語特有的入聲，國語沒有相當的調值，第四音往下墜（例：不 put4）而第八音往上揚（例：月 guat8）。在連讀詩詞時，前面的字多半會有自然轉音的情形，一般而言，第一、五音會轉第六音（例：春神 chun1轉 chun6 sin5；無言 bu5轉 bu6 gian5），第二音會轉第一音（例：好景 ho2轉 ho1 king2），第三音會轉第二音（例：故國 koo3轉 koo2 kok4）第六音會轉第三音（例：善良 sian6轉 sian3 liong5），第四、八音互轉（例：一人 it4轉 it8 jin5；日月 jit8轉 jit4 guat8），至於第七音因受彙音寶鑑字典對臺灣人的深遠影響，前面的字反而讀原音後面的字卻轉讀為第六音（例：岸上 gan7 siong7轉 siong6）。聲韻學在臺灣有兩個派別，一為第二、六音同第二音不見第六音的彙音寶鑑一派，另一為第三、七音同音但承認有三、七音之分一派；古時絕對八音分明，所以兩個學派都有不足之處，然而二、六同的學派完全把第六音歸到第二音上聲或第七音去聲，讓古典詩寫作的四聲遞用最高境界產生錯亂，不可不謂為一大缺失！例如：善良的「善」字明載於康熙字典，乃為上聲第六音而並無去聲，然而彙音寶鑑卻將這「善」字歸在去聲第七音，因此若寫古典詩要用到四聲遞用（即每一句詩句都有平上去入四種音）時就會發生不可避免的錯誤，亦即會用到兩個上聲字，而寫作之人會錯以為自己的詩句乃四聲遞用！不可不慎啊！

古典詩詞吟唱，除了應該遵循聲韻學朗吟出正確的文讀音，配合古雅的音樂曲調外，對於感情的投入也是很重要的！古典詩詞吟唱跟一般藝術歌曲或是流行歌曲的演繹都有其共同處，那就是須要投入感情，營造強弱起伏的聲調，如此方能觸動人心！如果你有興趣一探古

典詩詞吟唱之究竟，歡迎到瀛社網站來，論壇裡有不少吟唱老師的吟唱資源，可以嘉惠喜愛古典詩詞吟唱的同好，請讓我們把古雅的閩南語詩詞吟唱介紹給你！瀛社論壇：https://www.tpps.org.tw/。

二〇一四年十月五日瀛社一百零五週年慶祝大會上
成功大學外國交換學生表演詩詞吟唱

二〇一五年九月二十日瀛社吟唱發表會古箏表演展開序曲

二〇一七年十月一日瀛社吟唱發表會
邀請實踐大學玉屑詩社表演詩詞吟唱

二〇二三年五月二十五日至山西參加「尋根溯源歸故里，兩岸詩人
頌炎帝」海峽兩岸傳統詩詞交流大會／心得分享並作吟唱示範

臺灣瀛社詩學會之重要成員

許惠玟
臺灣文學館研究員
林正三
臺灣瀛社詩學會理事長

　　瀛社成立之初，可謂人才濟濟，成員中領有科名者：即有張藏英（古桐）、黃福元（哲馨）、林濟清（沁秋）、張希袞（輔臣）、李種玉（稼農）、劉育英（得三）、陳洛（淑程）、陳宗賦（祚年）、羅秀惠（蔚村）、王承烈（人俊、采甫）、陳進卿（德銘）、陳廷植（培三）、林馨蘭（湘沅）、洪文成（以南、逸雅）、謝汝銓（雪漁）、謝尊五（夢春）、林知義（問漁）、郭鏡蓉（芙卿、鶴汀）、張清燕（雪舫）、蔡步蟾（桂村）、何承恩（廷誥）、蘇鏡潭（菱槎）等二十餘位。

　　曾任職《臺灣日日新報》者，計有：劉維周、林馨蘭（湘沅）、陳洛（淑程）、楊仲佐（嘯霞）、李書（逸濤）、李黃海（漢如）、魏清德（潤庵）、賴子清（鶴洲）、許寶亭（劍亭）、郭鏡蓉（芙卿）、謝汝銓（雪漁）、楊仲佐（嘯霞）、黃贊鈞（原號石崚，後改石衡）、林佛國（石崖）、林熊徵、王自新（湯銘）、李燦煌（碩卿）、林長耀（菊塘）、洪玉明（夢樓）、尾崎秀真（日人）、赤石定藏（日人）約二十餘人。而今將歷任社長即各次級團體中，曾任教席之靈魂人物，依出生年代先後簡述於下（依齒序，以下資料參《續修瀛社會志》及《全臺詩》）：

劉育英

劉育英（1857-1938），字得三，生於板橋。光緒六年（1880）庚辰游泮。乙未之變，韜晦家園，優遊自適、不求聞達，以學德兼優，聲名不著。曾先後任教於板橋公學校、國語學校。日人喜其啟迪有方，迭膺懋賞。一九一三年遷稻江，為北市名儒。善文章，工詩詞。嗣設塾於家，課諸生經史。

一九二二年三月二十二日，與張晴川、莊子喬、郭春城、李白水、李神義等四十餘人，組織「淡北吟社」，於一九三七年被舉為社長。月開擊鉢會四次，勵志切磋，頗見盛況。時晉江名孝廉蘇鏡潭客臺，輒與焉。眾以其才高學富，禮為詞宗。故入選社課，靡不精當。善屬文，撰《論說》、《雜俎》等數十種，皆之有物，深寓鄉土氣息。詩則清新流暢，雅有興味。其詩作存世無多，《全臺詩》第十二冊收錄五十五題七十六首。

〈送王少濤赴廈執旭瀛書院教鞭〉二首之一

此行君所志，何惜別離難。
力贊菁莪化，心甘首蓿餐。
閨情流水付，親舍白雲看。
遙向鷺江去，乘風銳莫干。

〈冷水空〉

問渠那得清如此，藉沁詩脾俗慮融。
半壁泉飛珠錯落，一壺月浸玉玲瓏。
波含潤澤經新雨，石咽寒流起暮風。
多少熱中名利客，盡堪漱（漱）枕謝塵紅。

陳廷植

　　陳廷植（1869-1957），字培三，又字槐三、號祐槐、青一矜。清臺北大稻埕人，貢生陳儒林哲嗣，亦創社員。幼有才名，博學宏識。光緒十五年（1889）己丑，應臺北府試，取第一名，三赴秋闈未酬，講學於「益保裕街」。乙未隨父內渡，旋歸家居，靜修自守。返臺後設「退一齋」教授生徒，明治四十二年設「培德書房」，講授漢學。大正二年，日人敦請難卻，為大稻埕公學校漢文教師，大正七年辭歸，仍恢復舊塾，數十年如一日，直至去世為止。明治三十三年授佩紳章。大正十二年，應門生黃師樵建議，組織「聚奎吟社」，擔任社長。其詩作大都佚失。《全臺詩》第十九冊收錄二十三題二十七首。

　　〈敬步顏笏山先生古稀漫詠瑤韻〉

　　老來彌切報春暉，獨憾難求膝下依。
　　報愧芹香爭競豔，奚如簞食古今稀。
　　門楣昔忝推科第，世界誰從別是非。
　　觸目頻增遲暮感，少年裘馬悔輕肥。

　　〈板橋別墅即事〉

　　觀稼來青樓外樓，池亭花柳足春秋。
　　騷人到此動吟興，勝景恨難一筆收。

林馨蘭（湘沅）

　　林馨蘭（1870-1923）字湘沅、湘遠、香祖，又署湘畹，號六四居士、壽星。臺灣臺南人，原籍福建同安。光緒十六年（1890）郡廩

生。少好吟詠，嘗從舉人蔡國琳學，年一八為生員，光緒十七年辛卯
及二十年甲午兩與秋試不第。乙未割臺之變，舉家內渡。越兩年臺局
稍定，遂復東歸以治家業。先是設帳授徒，後感於斯文將墜，次第任
《全臺日報》、《臺南新報》記者，一九○○年移居臺北，任《臺灣日
日新報》漢文部記者，提倡漢文，發揚詩學，藉以保存國粹。曾以筆
名「勞勞生」於該報撰寫《意園詩話》專欄。明治三十九年（1906）
入「南社」，一九○九年為「瀛社」首倡者之一。大正四年，與張純
甫、駱香林、林述三等創「研社」，後改「星社」，為該社年最長者，
並曾創「萃英吟社」為首任社長。文筆老蒼，詩工近體，對律齊整，
句多感慨，遺作不多見。一九一八年任教臺北市太平公學校，夜間則
設塾授徒，多所裁成，著有《稻江小唱》一卷。門人蔡敦輝輯其詩為
《湘沅吟草》，未及梓行，蔡氏遽爾謝世，其稿遂多散佚。

〈瀛社雅集即事　得兄字〉

每思和盛共鳴聲，今日詞壇幸告成。
同志勉為一分子，修盟敦敘十年兄。
盧前王後期無忝，驥尾龍頭記得清。
此後風騷能繼振，論功應首謝宣城。

〈早梅〉

適看殘菊過深秋，又作羅浮絕頂遊。
欲向美人問消息，忽驚春信露枝頭。

洪文成（以南）

洪文成（1871-1926），字以南，一字逸雅，號墨樵、逸迁，別署

無量癡者。生於艋舺土地後街，後居淡水。祖父洪騰雲，營米郊致富。以南幼有異稟，祖喜之，延泉州名孝廉龔顯鶴授諸經。乙未之後，避地晉江，得遊泮水。翌年赴試，中晉江縣學秀才。後返臺，一九一三年價購淡水富商李怡和舊居「達觀樓」，作為文人雅聚之處。曾任淡水區長，平素為人風流儒雅，博學有才識，詩書俱佳，得者珍若拱璧。曾出資收求各邑散亡圖籍、碑帖、文物數千件，賞鑑以為逸樂。洪氏為人豪爽無紈綺氣，北臺文士皆樂與之遊，一九〇九年，瀛社創始社員。瀛社成立之初原未置社長，至大正七年七月十三日眾議推為首任社長。一九二一年舉辦第一屆全省詩人大會，與會者百餘人。著有《妙香閣集》，唯不見傳本。其曾孫臺灣師範大學地理系教授洪致文裒集其發表於《臺灣日日新報》及《漢文臺灣日日新報》之詩作三二〇首，彙為《臺灣漢詩人洪以南的現代文明旅遊足跡》一書。

〈濤聲〉

秋風造勢激蒼茫，百尺洪濤接大荒。
撼動三山長嘯怒，飛騰萬里欲奔狂。
轟雷灌耳來玄海，掣電驚人說岳陽。
聽罷靈胥不平響，好將心思任汪洋。

〈大觀書社雅集〉

大觀社運喜長垂，旗鼓重興異昔時。
鷗鷺板橋欣聚首，漫天零雨為催詩。

謝汝銓（雪漁）

謝汝銓（1871-1953），字雪漁，號奎府樓主、晚年署奎府樓老

人。原臺南府人，少從蔡國琳學，光緒一八年（1892）入泮。乙未時
曾助許南英辦理團練，失敗後避地鄉間達數年。改隸後，入臺灣總督
府國語學校，為秀才入國語學校之首。畢業後奉職督府學務課，旋任
教於警察官吏練習所。遂遷居北市，曾參與編輯《日臺會話辭典》。
後轉為《臺灣日日新報》漢文部記者，並任馬尼拉《公理報》，與
《昭和新報》主筆。為「詠霓詩社」發起人，嗣與洪以南等倡創「瀛
社」，一九二六年八月繼以南為第二任社長。鼓吹詩學，不遺餘力，
「瀛社」社友作品多刊載《臺灣日日新報》，「瀛社」遂成北臺詩社第
一。又任《風月報》主筆、臺北州常置議員，光復後任臺灣省通志館
顧問委員會委員。謝氏平生所作雖夥，然稍不當意，即裂而焚之，故
存集之詩無多。一九三一年，為紀念還曆，乃輯昭和五、六年所作一
九二首為上卷；詠平生所受知諸前輩及所交遊諸同事事跡，已故者一
二〇首列入《感舊篇》為中卷；健在者一三五首列入《寄懷篇》為下
卷，總稱《奎府樓詩草》。王國璠評謝氏詩：「詞尚淺白，且多寫實，
尤以感舊、寄懷之什，更存臺灣近代關係人物之事實，以人存史，頗
具文獻價值」。一九三五年，又輯昭和七年以來所作八四題，編為
《蓬萊角詩存》，附於所著《詩海慈航》下卷，又著《周易略說》。

〈漁燈〉

荻港蘆洲星錯落，叉魚波際有燈明。
疏光隱見風初定，冷燄微茫月乍生。
撒網紅搖天一角，推蓬白暈夜三更。
船頭獨立人蓑笠，幾點歸看古岸橫。

〈遠山〉

時將晴影韻花簾，霧髻螺鬟涼色添。

一幄去天青四角，千尋拔海白雙尖。

迷離巒樹雲間現，縹緲奇峰雨後潛。

欲睹匡廬真目面，謝家遊屐遠休嫌。

顏笏山（覺叟）

　　顏笏山（1872-1944），號覺叟，居臺北綠町，亦創社員。少穎悟，讀書別有會心，由其先嚴一瓢氏所育成，詩文頗能獨出心裁，不同凡響。改隸後嘗從事實業，唯不達其志，一九一二年，受僱雲泉商會。其後，退而襲先父衣鉢，設「夢覺書房」授徒。門弟子以數千計，多屬學界之錚錚。平居唯恬淡自守，養魚植花以娛晚景，終其生喜詩文燈謎。一九二二年創「高山文社」，任社長，社址設於萬華龍山寺，七十大壽時，其子國大代表顏良昌編輯《夢覺山莊古稀紀念集》，收錄各方詩友賀壽之作及笏山詩文舊稿。

〈竹東郡北埔庄開闢百年紀念〉

作息先民致力耕，鋤兒闢土斬榛荊。

聯庄役眾招閩粵，設隘防番屬甲兵。

諭仰屯田承嗣業，功成撫墾繼延平。

安居回首百年事，此地多從死裡生。

〈登雞籠山〉

雞籠山上勢巍巍，山路迢迢人跡稀。

我適栖身此山下，山凌日日欬柴扉。

登臨久欲一相顧，期事輒多與願違。

結隊三人為同氣，約從千仞以摳衣。

鼓勵直前無荊棘，芒鞋欲踏破靬菲。

中途更合二伴侶，聯袂而登倍奮揮。

先後逶迤臻絕頂，憑高酌酒興遄飛。

俯瞰果然群岫小，傍山廬舍先迎晞。

銅煙散漫薰人醉，冀土黃金礦脈肥。

遠望海天連一色，波濤起立戰風威。

此身直欲凌霄漢，笑語歌聲振四圍。

半日偷閒新仰止，山頭落日掛斜暉。

知還倦鳥爭投宿，曲徑穿幽緩步歸。

耄矣老夫偏豪興，閒情山水或忘機。

人生此日不多得，舞雩之風其庶幾。

遊樂無窮常繫念，盤桓景色猶依依。

顏雲年（燦慶）

　　顏雲年（1876-1923），一名燦慶，號吟龍，晚號陋園主人。世居基隆瑞芳。少負奇氣，曾受業當地舉人江呈輝及汐止貢生周聰明之門。臺灣割讓後，從父正春被誣為參與抗日，受拘。顏氏行文瑞芳守備隊長抗辯，因得獲釋，隊長留其為通譯。日人經營瑞芳金山開發，因顏氏熟悉日語且於瑞芳頗孚人望，遂令其負責提供採礦之材料與工人，並與叔父經營部分礦區。一九〇四年與汐止人蘇源泉合組「雲泉商會」，並結識金礦鉅子藤田傳三郎男爵，進而從協辦發展至完全承包日本藤田組經營之瑞芳金礦，同時取得賀田組之四腳亭煤礦部份經營權，設「金裕利」號和「金興」號開採大小粗坑、大竿林、菜刀崙金礦，業務日趨興盛。一九一四年，以青化製煉法採金，獲利豐厚。並利用歐戰爆發時機，收買經營困難礦區並爭取「未許可礦區」之開

採礦，收益可觀。一九一二年，築「環鏡樓」於基隆新店街，一九一八年與三井會社共同創立「基隆炭礦株式會社」，一九二〇年創立「臺陽礦業株式會社」與「基隆煤礦」，兼營土地買賣，漸成鉅富，為臺灣北部一新興財閥，幾可與板橋林家、霧峰林家、鹿港辜家以及高雄陳家並稱。後又建「陋園」於田寮港。提倡詩學，主持風雅，任「瀛、桃、竹」各吟社聯合會會長。一九二一年任臺北州協議員，旋任總督府評議員，獲瑞寶章。著有《環鏡樓唱和集》、《陋園吟集》等著作。

〈網溪泛月〉

月上東山夜色迢，醉遊不覺網溪遙。
篙穿綠水金波碎，棹撥清流玉浪漂。
傍岸漁人伸手掏，登船騷客舉杯邀。
夜深載滿歸來急，帆影依依戀野橋。

〈漁笛〉

幾曲寒吹灘月白，數聲響徹海天青。
滄江釣罷人歸浦，落盡梅花酒未醒。

李燦煌（碩卿）

李燦煌（1882-1944），字碩卿，亦字石鯨，號秋鱗，晚號退嬰，又號樸亭。樹林人。少從板橋趙一山學，以孔孟為宗，博覽典籍。一九〇五年與北臺文人黃純青、劉克明、王少濤共創「詠霓詩社」，後改顏「瀛東小社」。曾任板橋林家家庭教師，明治四十三年離職。翌年十一月進入《臺灣日日新報》任漢文版主筆。大正元年，應許梓桑

之聘，移居基津，任顏雲年記室，後開設「保粹山房」以教授生徒。
並與顏雲年、張純甫共組「小鳴吟社」，為基隆最早詩社。昭和九年
移居九份，任「奎山吟社」社長陳望遠家詩文教師，其間並促九份
「奎山吟社」、基隆「大同吟社」、雙溪「貂山吟社」組成「鼎社」。
李氏長年於北臺課徒，門下近千人，時以「保粹」派稱之，李建興、
李登瀛等著名詩人皆出其門。後應弟子所請，刊行《東臺吟草》一
卷，於昭和十四年（1939）印行，對宜蘭、花蓮、臺東開發之面貌，
著墨甚多，為日據時期少數專以東臺灣為主題的詩集。一九六四年，
門人李建興輯其遺作為《李碩卿先生紀念集》。

〈漁家樂〉

懶把功名釣，垂綸向水中。
煙波清夢穩，衣食錦鱗豐。
網取千江月，聲吹一笛風。
賣魚沽酒飲，酣醉舉家同。

〈八尺門舟上望八斗村〉

波光激灩夕陽紅，隱約孤村在水中。
雞犬數聲舟近遠，漁歌遙唱海門東。

〈知本觀瀑〉二首之二

玉瀧日夜響潺潺，知否人寰正旱乾。
願接水龍千萬尺，引他飛沫出岡巒。

陳槐澤（心南）

　　陳槐澤（1885-1963），字心南，號翁菴（或作翁庵）、秋星。新竹中港人。清光緒中葉，隨父遷至錫口，遂為臺北人。幼入私塾習經史，及長，博洽善屬文。與新竹魏清德結金蘭契，潤菴騷壇重鎮也，於是發憤為詩，工近體，律絕俱佳。因與林述三、黃水沛等人，同為「星社」社員，故亦號「秋星」，與同社駱香林相交最深。善書法，出入歐、蘇，晚年酷嗜劉石菴，遒勁中別饒柔潤之趣，與弟薰南（覺齋）同為士林所稱，日據時期於臺灣書壇頗為活躍。駱香林評其書風「自顏、柳四家外，無不規模，暮年始自為體，細按之，四家之骨仍在也。」逮一九二九年「松社」成立後，與張純甫受聘任指導，參與各詩會擊缽之吟。一九三二年東京大地震時，曾與張純甫義賣書法，救濟災民。唯天性懶散，不喜外遊，每日坐臥一室，遇朋舊過訪，則娓娓清談，寢食皆忘。平日受人點滴，恆報之以德。又伉儷情深，鴻案相莊，每有所作，常詢其妻，以為佳者則存，否則棄之不惜。時人多以名士目之。亦曾任松山小學漢文教師。一九五四年夏五月，適逢其七十大壽，松社同仁乃輯其詩作，謄寫油印一冊以祝，名曰《翁庵吟草》，唯僅餘存一百九首。

〈送筑客還梓〉

詞賦江關過廿霜，馬融絳帳阮生囊。
飄洋兩度因懷古，食菜頻聞念故鄉。
香象金鵝留別句，牙籤玉軸壓歸裝。
君歸仍作傳經計，教學雙修樂未央。

〈登四獸山同賦〉

地形肖物未云無，附會仍多累勝區。
且以吟筵陳草莽，亦防蟲豸損皮膚。
連峰翠影延清賞，下界炎埃是畏途。
可愛山花多不識，晚風吹動綠珊瑚。

〈酬香林兄寄懷之作〉

文獻關心過啟蒙，詩來尤喜自瀛東。
敢嫌職寓如蝸小，漫說家雞與鳳同。
首夏將交猶苦雨，懷人在遠每臨風。
遙知凤富亭園興，定有洋蘭石畔紅。

魏清德（潤庵）

　　魏清德（1886-1964），字潤庵。新竹人。性誠樸，敦孝友，力學嗜古，朝夕吟詠不輟。日據時期畢業於新竹公學校與總督府國語學校師範部。歷任新竹廳中港公學校、新竹公學校訓導。並通過臺灣地區第二屆普通文官考試。漢學方面受其父紹吳（篤生）啟迪，根基甚深，對詩文方面尤有興趣，一九〇五年就讀師範部時，即加入「詠霓吟社」。嗣受日本漢學家《臺灣日日新報》主編尾崎秀真之賞識，擢拔為該報記者及漢文部主任。一九一〇年加入「瀛社」，後繼謝雪漁為第三任「瀛社」社長，同時亦為竹塹「竹社」重要幹部，與張純甫等切磋往還。一九一一年，梁啟超訪臺時，魏氏即展現其採訪專才，頗受讚譽，連雅堂亦極為推重。日本官方及民間學者欲學漢詩者，經常前來請益。「臺灣文化協會」創立時，擔任新竹州評議委員。至一九三五年，被推為臺北州協議會員，參與州政。光復前夕，已自《臺

灣日日新報》退休，改至臺北第二中學（今成功中學）教漢文。戰後
被任命為「臺灣合會儲蓄公司」總經理。晚年輕微中風，行動較遲
緩。潤庵之詩，深得東坡神髓。五言古詩神志飄逸，語氣清新。氏於
燈謎興趣甚濃，常有匠心之作，與其弟清壬在謎壇中甚具才名。《臺
灣日日新報》之出謎徵射，多由其主稿，著有《滿鮮吟草》、《潤庵吟
草》、《尺寸園瓿稿》等作，前者於日昭和一〇年九月刊行，凡一四
頁。潤庵古近長短諸體俱佳，為當時北臺之「大手筆」，一九六三年
獲選為國際桂冠詩人。

〈飛行機〉

滑走排虛上九霄，玉京金闕望非遙。
人天從此還多事，苦憶乘鸞逐紫簫。

〈醉菊〉

興來濁酒每頻傾，況復東籬倍有情。
紅袖莫教扶永叔，白衣端合契淵明。
朦朧已覺迷三徑，潦倒猶堪盡一觥。
縱到如泥還傲骨，相期晚節待春榮。

林　纘（述三）

　　林纘（1887-1956），字述三，號怪癡，又號怪星、蓬萊一逸夫、
唐山客、蓬瀛、蓬瀛一逸、苓草。祖籍福建同安。幼學於廈門「玉屏
書院」，其尊人林修於大稻埕中街設帳授徒，述三隻身來臺探父，遂
留讀。舉凡經史百家，無不涉獵，年一八即代父訓童蒙。二六歲時，
父染疾謝世，遂承遺志，易國學研究室為「礪心齋」書房。一九一五

年，與張純甫、歐劍窗、駱香林、李騰嶽等人創立「研社」，社址設
於「礪心齋書房」，社員均以「癡」字為別號。後與黃水沛、林馨
蘭、高肇藩、歐劍窗、陳大琅、蔡癡雲、李騰嶽、杜天賜、吳夢周、
林湘沅、張純甫、駱香林、陳心南諸人，改組「研社」為「星社」，
別號均以「星」代。一九二二年十月，再集門人創立「天籟吟社」，
社址為今臺北市迪化街一段一五四號，每星期六於「礪心齋書房」舉
行擊鉢吟會。其後，社員又繼於一九二七年成立「劍潭吟社」，一九
三一年，「天籟吟社」社友創立「藻香文藝社」，發行《藻香文藝》雜
誌，由林氏主稿，吳紉秋任編輯兼發行人，三十二開版，每期約四十
頁，半月發行一次，惟僅發行四期即停刊，亦任《風月報》副主筆、
「臺灣詩壇」顧問。所輯除二、三雜文外，悉刊各地擊鉢吟稿。氏精
研國學，不惟長於詩作，更通音韻，其以《天籟調》吟唱〈春江花月
夜〉、〈清平調〉、〈滿江紅〉、〈落花〉等詩詞及〈少昊賦〉多篇，尤膾
炙人口，至今仍傳唱不輟。又能寫小說、製燈謎。一九三六年設立
「松鶴吟社」。有「詩壇通天教主」之稱。著有《礪心齋詩集》、《礪
心齋詩話》、《玉壺冰》小說等。

〈王濬樓船〉

雄威怒激海門潮，指日江東霸氣銷。
下瀨旌旗迷澤國，連檣羽蓋入煙霄。
三刀吉夢龍驤在，二水中分虎踞遙。
太息臨流思鷁首，祇今唯見泛吳橈。

〈電戲〉

化機動處影全窺，閃爍神光即若離。
箇裡別留真面目，春燈一幕最傳奇。

張純甫（筑客）

　　張漢（1888-1941），名津梁，官章陳熙，字濤邨、純甫，號興漢、漢，又號寄痴、筑客、客星、寄星、漁星、老鈍、寄民。新竹人。幼承父教，博覽群書。乙未割臺，地方動盪，曾隨父避居閩侯，居處與新竹詩人張息六為鄰，朝夕受教，學藝大進。其家族乃竹塹巨賈，經營食品與藥材，店號「金德美」與「金德隆」。後商店燬於祝融而船貨又淪入波臣，家道遂致中落，乃舉家遷往臺北。一九一五年與林湘沅、黃春潮、吳夢周、李鷺村等人創「研社」，時開雅集。與臺南洪鐵濤一南一北相頡頏，被譽為最活躍之二大擊鉢健將。一九一九年「臺灣文社」成立，受聘為評議員，一九二四年春與駱香林、歐劍窗、吳夢周、黃水沛、杜仰山、李鷺村、林述三合力創辦《臺灣詩報》。一九二六年講學稻江，名其樓曰「守墨」。一九三〇年指導松山「松社」成立漢詩研究會。一九三一年初於永樂町開書肆，店名「興漢」。一九三三年購屋於新竹後車路，取名「堅白屋」，以昭志節，更題署「三孝人家」，藉揚家風。曾至基隆任顏雲年記室。先生著述頗豐，尤重儒學，戮力宣揚孔教，時人有「北臺大儒」之稱，亦曾以詩謁閩中石遺老人，博得「海外詩人」之譽。中年時後承接連橫之「雅堂書局」大部分古籍，庋藏愈富，為日據時期與李逸樵並稱之竹塹兩大收藏家與鑑賞家。一九三五年成立「柏社」，作品多半發表於《臺灣日日新報》、《臺灣文藝叢誌》、《臺灣詩報》、《詩報》等。晚年整理其舊著，計得《守墨樓吟稿》、《守墨樓文稿》、《守墨樓課題詩稿》、《堅白屋課題詩稿》、《非墨十說》、《是左十說》、《漢族姓氏考》、《古今人物彙考》、《古陶漁村人四時閒話》、《守墨樓聯稿》、《陶村燈謎》、《陶村隨筆》等二〇餘種。一九九八年新竹市文化中心委託黃美娥據此編輯出版《張純甫全集》六冊。

　　洪坤益謂其詩：「思路奇古，風骨開張，而音節激越，不落凡響」，黃水沛謂：「由清而進於宋，由浮響而變為寫實。為閩派、為鄉土文學，而終為守墨樓詩。」王國璠亦稱許其取法多人，北臺詩人足以與之抗衡者無幾。詞章之外，亦兼擅書法，又精古物書畫之品鑑。

〈庚戌初遊劍潭〉

板蕩乾坤鼎革秋，飄零一劍古今愁。
揮戈莫挽將頹日，投策寧知未斷流。
百戰中原無片土，一朝窮海有孤舟。
山僧不識興亡恨，猶向遊人說咎休。

〈哭陳潤生〉五首之一

吾黨多才俊，如君最少年。
筆花新讖語，冬柳舊吟篇。
預有共遊約，寧無同病憐。
雄飛纔欲遂，撒手各人天。

李建興（紹唐）

　　李建興（1891-1981），字紹唐。祖籍福建單溪，遷臺居北縣平溪鄉十分寮。世代務農，稚齡因家境艱困，嘗赴外鄉為人牧牛，以輕家累。後入私塾「依仁軒」、「培德軒」，從倪基元、李碩卿受業，因生性聰穎，過目成誦，年一八時即設「成德軒書塾」於十分寮。由於生活艱難，於一九一六年進入瑞芳「福興炭礦公司」任書記，翌年加入為股東，並升任總經理。一九一八年日商三井財團成立「基隆炭礦株式會社」，從事臺灣北部煤礦之開採。次年兼併「福興公司」，乃轉任

包商，承採日人煤礦，因不諳日語，常遭排擠。一九二一年與日商小林交易，退回多計工資三八〇〇元，日人讚其誠實，尊重與信賴有加，其採煤業務亦得以擴展，經濟情況亦日益改善，並自營官真林（竿蓁林）、白石腳、同芳、大豐、德成、德和諸礦。一九三〇年乃舉家遷往礦業重鎮之瑞芳，其居屋取名「義方居」，創設「義方商行」，一九三四年成立「瑞三礦業公司」。時日政當局，嚴格控制臺人思想，因其拒習日文，且事業有成而妒嫉益甚。於一九四〇年五月二七日，將其昆仲及員工百餘人，以通諜祖國罪判刑入獄，史稱「五二七事件」。惟其一本忍辱負重精神，寧死不屈，戰後始獲釋出獄。一九四九年二二八事變，時受命擔任瑞芳鎮長，乃不顧自身安危，挺身向群眾疾呼，破除省內省外之隔閡，使激動之民情得以緩和。並奉母命晉謁啣命來臺之白崇禧將軍，分析致亂之原因純出誤會，應從寬發落，以安民心。果獲白氏採納，禍亂乃告平息。李氏事親至孝，對其母白太夫人唯命是從。一九五〇年二月，當局曾有意命其出任臺北市長，李氏以才輕而謙辭，乃於同年三月獲聘為省府顧問。平素熱心公益，並曾捐獻陽明山土地三甲以闢公園。擔任「瀛社」社長十餘年，著有《致敬紀要》、《歐美吟草》、《七渡扶桑紀遊詩》、《紹唐詩存》、《日本見聞錄》、《國是芻言》、《紹唐文集》、《治礦心得》、《治礦五十年》、《臺煤管制實況》，編有《丘念臺先生紀念文集》等。

〈延年菊〉

老圃勤難盡，延年百歲芬。

枝鍾天地氣，葉潤古今雲。

作對聯歡客，吟詩祝壽群。

華封九十載，種德好斯文。

〈跨越橫貫公路一行全景〉

登臨梨嶺慰心情，淨掃蠻煙曙色清。
大甲溪源流水急，中央山脈亂雲橫。
南行霧社廿公里，北走蘭陽一日程。
傳語桑榆諸父老，國恩應載口碑聲。

歐劍窗（菴星）

　　歐劍窗（1893-1945），以字行，號菴星。臺北大稻埕人。詩人，戲劇家，亦中醫師。父歐陽德，原籍廣東新會，弱冠，經商於南洋。同治、光緒間，輾轉至臺，贅於陳氏，生劍窗。以承雙祧，故冠兩家姓，名陳歐陽籙。稍長，師事劍樓書塾趙一山，因字「劍窗」，篤學敦品，不求聞達。業成，設帳城隍廟右側長樂街「浪鷗小築」，身教端謹，有聲於時。北地受其薰陶者頗不乏人，亦曾開設漢醫私塾。乙未割臺，日人為配合殖民政策，以警察嚴控戶籍。普查時，忌陳歐陽籙與日人姓字有混淆處，強改為陳歐籙。劍窗大忿，廢不用，久之，遂不為人知。一九二五年，劍窗為助施乾創「愛愛寮」募集資金，與謝春木、連橫、張維賢等，組織新劇「星光新劇團」，後改為「鐘聲新劇團」。大正十二年，在稻江籌設「潛社」，集風雅之士於一堂，一九三六年改為「北臺吟社」，任社長，亦曾加入「研社」、「星社」、「瀛社」，曾參與發行《臺灣詩報》，又曾任《風月》編輯，歐氏以詩、文、醫享譽當時，所作饒有高致，筆法流轉，託旨遙深。日侵華戰爭時，劍窗倡言反勞務奉公，日人以違反治安警察法，逮捕入獄，後卒於獄中。

〈景美謁石門盤古廟〉

登臨不厭幾層高，為訪靈巖氣自豪。
聖蹟分明山隱隱，溪聲依約水滔滔。
義皇昔日尊先輩，祠宇今朝拜我曹。
千古石門留景尾，當時亦賴斧斤操。

〈旅閩〉

人事天時撥不開，偷閒也上越王臺。
群雄斷續猶酣夢，大陸浮沉騰劫灰。
龍尾遼東多處士，烏頭冀北失英才。
旅懷便覺興亡恨，方寸勞勞自往來。

杜萬吉（迺祥）

杜萬吉（1905-2002），號迺祥。臺北縣人，居七堵友蚋。少從名宿王子清遊，為人溫厚端謹。嗣供職於礦業界。先後投資瑞三、海山、日新、建成、中華電纜、第一產物保險等公司，並自創「吉承工業公司」，任董事長。握算持籌，而不廢吟哦。一九四○年因坐五二七思想案繫獄，光復後始獲釋放。一九七八年起接替李建興任本社第五任社長，至一九九九年瀛社慶祝成立九○周年全臺詩人聯吟大會後，始以九五高齡引退。並曾任「和社」社長，「傳統詩學會」名譽理事長。平生扢揚風雅，不遺餘力。

〈秋日三貂紀遊〉

梧桐葉落逐風飄，曳杖雙溪又貢寮，
開礦心神興產業，挽瀾腦海起思潮，

如貔盤踞三峰秀，似蝠騰飛一嶺遙，
發掘資源煤冠首，重光國運繼唐堯。

〈夏日訪淨修院〉

四月風光好，灘頭客駐車，
秀峰長聳翠，淨境寂無譁，
獻佛詩初就，聽經興不賒，
嗒然鐘磬響，敲落一庭花。

黃寬和（鷗波）

　　黃寬和（1917-2003），字鷗波，以字行。臺灣嘉義人。就讀嘉義工業學校時，利用課餘，拜名儒林植卿茂才習諸子與詩文。二十歲赴日，入川端繪畫學校。戰後返臺，旅北任藝專教授。並歷任臺灣文協編委、民謠編審、全省美展評審委員、教育廳史博館評議委員、省美館、北美館、高美館典藏委員、傳統詩學會顧問、一九九九年接「瀛社」第六任社長。曾創辦「青雲美術會」、「長流畫會」、「綠水畫會」、「寶島文藝出版社」、「長流畫廊」、「新光美術班」等。平生致力繪畫、書法、文藝創作，為臺灣著名膠彩畫家，著有《浮槎錄》、《中日小說話劇歌謠》等。

〈歲歲花朝憶舊盟〉

天成樓上慶佳辰，此日題襟八一春。
懷鷺懷鷗懷舊侶，壽花壽社壽騷人。
開來先哲才無敵，繼往英賢筆有神。
祝蝦猶祈長健樂，年年道統永振振。

〈老松〉

根托蓬萊島，開荒直到今。
虯枝凌瑞雪，老幹護仙禽。
梅竹契三友，乾坤共一心。
滄桑齊閱盡，歷劫益堅貞。

〈人花並壽〉

壽花壽社壽知音，三祝吉祥喜共鳴。
此日聯歡同祝嘏，欣期歲歲作題襟。

陳焙焜（佩坤）

陳焙焜（1923-2004），字佩坤。原籍福建福州。幼從宿儒楊幼雪授業。後隨父渡臺，並曾負笈扶桑。回臺後，先從政，再從商，執堪輿業。曾任「中華學術院詩學研究所」研究委員，「高山文社」、「大觀詩社」及「臺北市聯吟會」總幹事，「瀛社」副社長，「大觀詩社」社長。兩岸開放後，與陳子波聯袂返里，於福州等地舉辦數十次聯吟詩會，推動詩文交流，不遺餘力。二〇〇二年十一月接第七任「瀛社」社長，「傳統詩學會」理事長。著有《佩齋吟草》行世。

〈竹徑尋涼〉

雅愛幽篁曳杖來，避炎置酒此徘徊，
烟筠有味人燒筍，石路留痕鶴啄苔，
谷外風清宜覓句，林中氣爽好銜杯，
蔚成翠幄銷長夏，絕勝披襟碧水隈。

〈初夏曉行〉

一鉤殘月吐仍含，何處雞聲度翠嵐。
猶見宿雲封遠寺，微聞暗水瀉空潭。
蘭苞待放薰風拂，荷葉初生曉露湛。
新燕催余吟興發，扶筇覓句過橋南。

〈吟秋〉

菊醑芬芳醉鷺鷗，金風颯爽展詩喉。
蛩聲響徹三更月，吟韻遙傳萬里秋。
野外聞砧驚客夢，天邊過雁引鄉愁。
攤箋莫寫含悲句，共唾珠璣好唱酬。

謝汝銓先生詩中的「國」與
文化認同

瀛社編輯部

一　緣起

　　謝汝銓先生，字雪漁。生於臺南，任職於臺北。一九〇九年仲春
與洪以南、趙一山……等諸位先生，在艋舺創立瀛社，與眾詩人文士
擊缽唱和，酬酢往來。斯時即任瀛社副社長。而自一九二六年，又繼
洪以南任社長至一九五三年。（見「臺灣瀛社詩學會」網站「大事
記」。網址：https://www.tpps.org.tw/forum/history/pages?id=9）四十四
年間，為瀛社之肱股主幹。其視、聽、言、動，皆關乎瀛社之動向。
其一生經歷晚清、日據、民國三個時代，在清、日之間還過渡了一個
短暫的「臺灣民主國」；而他在瀛社中則跨日據、民國兩個時代。以
故於其國族、文化觀念，不宜執一端以評述之。

　　此論題曾經學界所研究者，前有二〇〇八年蔡佩玲之碩士論文
《「同文」的想像與實踐：日據時期臺灣傳統文人謝雪漁的漢文書
寫》，已經超越了「親日／抗日」的架構，而比較深入地探討傳統文
人如何藉由調適、轉化、保存，甚至進而突顯其自身源於漢文化的素
養與傳統。而二〇一三年林芳玫發表的論文〈謝雪漁通俗書寫的跨文
化身分編輯：探討〈日華英雌傳〉的性別與國族寓言〉由謝汝銓的

「跨文化性」（transculturality）去探討他的職業、志業及所寫的小說。另亦有吳毓琪所撰之〈比較南社與瀛社面對新、舊文化交鋒的抉擇與取向──兼論謝雪漁對自我認同鏡像的建構〉用拉康的論述，建構謝雪漁在傳統與新變中的兩面性。

　　縱觀迄今所見之相關研究，可知學者在探討此論題時，取材多自謝雪漁之小說、散文或雜論。除蔡佩玲之碩論外，罕有自其詩作中析述者。而蔡佩玲引述雖及於謝雪漁不同時期之詩，亦僅言世局之變及心境之遷，於箇中旨趣，未暇深析。另者，學者所持之立論觀點，雖能不囿於「國民政府親日／抗日」的侷限，或以多文元化，或以跨文化，甚至雜以女性主義的觀點進行論述。然多著眼於個人遭遇，於國族認同方面，較少著墨。

　　《詩海慈航‧緒言》謝雪漁云：「人苟欲事理通達，心氣平和，舍詩將何所從事哉？」《奎府樓詩草》魏清德題詞詩云：「不盡江河淘浪去，聊將風誼藉詩傳。渭城聽唱何戡老，身世無端一喟然。」可知謝雪漁認為詩足以變理心緒，感懷身世。因此欲闡明其文化認同及國族觀念，正宜以其詩作為基石，加以深析鉤勒，方克明其心境及其所持以應世者。《風月報》、《三六九小報》及諸篇小說，雖足以廣讀者之耳目，豈堪明雪漁之心跡？本文取謝雪漁之詩作加以析述，分為「乙未割臺前」、「日本統治時期」、「國民政府時期」，略以明其八十二年生涯中之文化認同及國族觀念。

二　乙未割臺前的國家與文化認同

　　謝雪漁於其《奎府樓詩草‧自敘》云：

　　　余年十二，經書終業。始學作八比及試帖。年十五，從蔡玉屏

夫子學。初學作律絕，年二十二入泮，為欲試秋闈。仍攻八比、試帖不懈。蓋科場重此也。

在這段敘述中，「入泮」是入學，指童生被錄取為生員，具備秀才的資格。「秋闈」是指鄉試，由朝廷派遣翰林、內閣學士到各省為主考官，考中則為舉人。

可知他雖生於晚清同治時期的臺灣，清廷正在推行洋務運動，但他所受的教育及原先規劃中的生涯，就是明、清士子藉由科舉考取功名，入朝為官，建樹名聲，顯親耀祖的那條老路。而他自十二歲通讀背誦儒家四書五經後，就開始學寫八股文和回答試帖題，十五歲學寫近體詩。由此可知漢文化之根柢、修養，乃其自幼被培育，且被期待在傳統科舉有所表現所積累者。他在二十二歲那年，被臺灣巡撫邵友濂選為榜首而入臺灣府學，具備了秀才身分，準備考舉人。

但就在這一年，他這條科舉之路轉彎了。因為一八九四年甲午戰爭之後，一八九五年簽定馬關條約，將臺灣割讓給日本。乙未年日本接收臺灣，在壓制了「臺灣民主國」的抵抗之後，宣布「始政」，依馬關條約的內容，以一八九七年五月八日為「住民去就決定日」。謝雪漁並沒有跟他的表兄許南英及「民主國」的劉永福、丘逢甲等渡海到大陸，而選擇留在臺灣。

在謝雪漁《奎府樓詩草》的《感舊篇》中，〈孝廉蔡國琳夫子〉一首云：

十年絳帳鄭祠中，靜夜窮經燭火紅。
不第春官無所恨，藻詞才子譽瀛東。

「十年絳帳」，表明蔡國琳與自己的師生關係；「靜夜窮經」寫為

了科舉用功之深夜，或許單指蔡，也可能兼言自己。「不第春官」，點出了蔡國琳沒有考上進士。蔡國琳是光緒八年考上舉人的，同榜者有鄭孝胥、林紓等。蔡氏書香世家，其詩文亦為時稱道。

在科舉這條路上，年輕的謝雪漁是帶著深切的期待與信心努力從事的，看他在〈撫憲邵友濂夫子〉一詩中所寫的：

> 持節南疆遠駐臺，更兼學政育英才。
> 恩科小試壬辰榜，幸入珊瑚鐵網來。

表明了自己在科舉這方面的努力得到肯定，也有了初步的成果，入選秀才，可為臺灣府學之生員。

而清廷甲午戰敗，馬關條約後，官吏被召回。有一部分倡議成立「臺灣民主國」以抗日者，舉唐景崧為總統。時謝雪漁亦與其表兄許南英在臺南支持參與，不唯可視為對科舉夢想的延續，也可說是傳統文人儒家理想的堅持。《感舊篇》第一首〈進士許南英夫子〉：

> 科名春榜得經魁，不入詞林負藻才。
> 浩劫心傷家國事，劉琨末路賦詩哀。

許南英大謝雪漁十六歲，是他的表兄。可以說是謝雪漁科舉路上的前行者及表率。「得經魁」、「負藻才」雖然寫許南英，但也是謝雪漁自己的想望。「浩劫」指甲午戰敗，馬關條約割讓臺灣。「劉琨末路」是用東晉劉琨起兵抗胡終未能成的典故，寫「臺灣民主國」抗日失敗的結果。另一首〈進士丘逢甲先生〉寫道：

> 飛電燕京誓枕戈，待臣死後始言和。
> 家資席捲隨唐遁，伏處羊城愧恨多。

這首寫到後來「臺灣民主國」失敗，主事者離臺赴清，避禍逃難。丘逢甲變賣家產，逃往廣州。「羊城」乃廣州別名，自唐朝即有此稱。其實不只丘逢甲，唐景崧、劉永福及前所提及之許南英皆於此時紛紛各自西渡。謝雪漁雖未隨其表兄西渡，然而其所預想之科舉人生亦因此止步。而到了不得不轉彎、變化的時候了。

三　日據時期國族認同的轉移與人生的轉折

謝雪漁在《奎府樓詩草・自敘》中云：

> 甲午歲，版圖易色。為應時急策，力習帝國語言文字。嚮所讀經書，悉束高閣，供飽蠹魚。

可知他因為清廷割讓臺灣，放棄了科舉這條路。此後入日本人辦的「國語學校」攻讀日文，也學得相當不錯。在《感舊篇》中，有首〈校長田中敬一先生〉寫道：

> 暫時親炙亦多情，待遇常優冠國黌。
> 三十四年明治世，學憑親授自先生。

可見謝雪漁當時力學日文，而且有不錯的成果，校長也對他青眼有加。學習日文有成，留校任舍監。在臺努力學日文的情狀，也見於〈補遺逸事拾貳首〉中的第一首：

> 清水岩中月色微，國文讀罷出書幃。
> 貪看夜色歸來晚，共越南窗不叩扉。

　　夜讀晚歸，與明月共越南窗。在國語學校研讀所花的時間、精神可謂多矣！而由此也可知他在臺北任職。

　　一九〇二年（明治三十五年），任臺南廳總務課囑託（囑託是日據時期一種相當於約聘人員的職位）。而於當年夏天，攜眷居萬華。隔年轉任總督府警察官、司法官練習所囑託。三年後，因為《臺灣日日新報》準備擴增漢文部，擔任社長的守屋善兵衛因為謝雪漁曾參與翻譯《土地調查書》，覺得翻得不錯，遂推薦他出任漢文部記者。《感舊篇》中的〈社長守屋善兵衛先生〉云：

　　　　折軸坂路困鹽車，冀北相逢伯樂如。
　　　　試譯五旬連載稿，長篇土地調查書。

　　以千里馬受困於鹽車自比，則守屋善兵衛對他的賞識與提攜，可比千里馬得遇伯樂。詩中也提到他翻譯土地調查書，可知這個工作他花了五十多天。但也得到守屋的肯定，派他當記者。這段時間，可以看出他對日本統治者地位的認同，這樣的定位其實很清楚。他寫的〈霧社蕃叛軍警協勦五旬始平感賦〉、〈霧社蕃婦殉夫詞〉都是從日本政府的立場書寫的，唯猶憐憫死去的原住民男女而已。這一年是一九三〇年，如果以舊曆的算法，謝雪漁已六十歲。

　　對統治者的認同雖如上述，但是幼習漢學，族為漢族，畢竟與大和民族為主體的日本有異。其詩中所展現對晚清政府的失望、對革命之寄望，也是藏不住的。在《奎府樓詩草・寄李漢如君於津門》中，他是這樣寫的：

　　　　子房破產不為家，劉季芒碭出斬蛇。
　　　　試向青陵門外望，布衣人種故侯瓜。

　　李漢如，澎湖人，曾任職於《臺灣日日新報》。在臺北與詩人羅秀惠、律師伊藤政重等組織「新學研究會」。後來赴南洋爪哇，再轉至大陸從事革命活動。謝雪漁曾於《臺灣日日新報》刊其詩，並簡介云：「李漢如君，自大正元年入華，改名黃海。在京津間與政界交遊，奔走時事，頗收成效。」這首詩可以看到謝雪漁對革命的寄望，以苛暴之秦喻腐敗之晚清（或為袁氏之洪憲帝制）。大約同時期，謝雪漁也做了首七絕〈柬孫道仁督軍〉：

　　　　王者興期五百年，民心搖動似旌懸。
　　　　真龍未起無天子，世胄英雄只瓦全。

　　「世胄英雄」，因為孫道仁的父親孫開華也是將軍，官至福建提督。而孫道仁也自軍旅出身，在福建辦武備學堂，訓練新軍。「真龍未起無天子」，可知清廷已被推翻。「民心搖動似旌懸」指神州天下未定，因為天下未定，以故即使孫督軍為世胄英雄，也只能暫為「瓦全」之策，以存元氣。

　　或許由於對革命的關注和熱衷，謝雪漁的漢文化素養讓他的國族情懷浮現，像下面這首〈感懷〉（此詩收於《臺灣日日新報》，「詞林」欄，一九〇八年十一月一日，第一版）：

　　　　猶餘寶劍匣中鳴，病死何如戰死榮。
　　　　我亦青袍舊儒士，英雄羞說鄭延平。

　　以儒士自居，亦以鄭成功為英雄、偶像。在〈哭毓卿六首〉（此詩收於《臺灣日日新報》，「瀛社詩壇」欄，一九一二年一月二十二日，第四版）開頭兩句便寫：「共茲鯤海作遺民，吹聚萍蹤有夙

因。」而從詩中可以看出，雖然他自知臺灣當下受到日本國竊佔，卻是以亡國遺民的心態自處的。可知清朝、中華民國於他而言是「舊國」，臺灣當時歸屬日本，他們這些前清留下來的乃是「遺民」。

但也就是因為在詩文中不時浮現這樣的心態，當權者認為他思想有問題，就派他到菲律賓當《公理報》的記者。從詩中可以看出他是經廈門再到菲律賓的，雖然身為記者，但上船、下船的待遇、衛生檢查等，都頗不受尊重。在菲律賓的時間大概是初春到中秋前後，也就是明治改元大正後才回臺。因為在他所發表的詩中，十月初已經有恭賀顏雲年喬遷的次韻之作了。

從菲律賓回臺後，吟風弄月，感慨生平的作品比較多，傾注政治熱情的詩比較少，或者用更含蓄的方式表達。一九一四年（大正三年）寫的〈詩榜〉：

> 吟筵公啟淡瀛桃，吳氏園中氣共豪。
> 兩國名流蹤偶合，一時盛會後難遭。
> 雪泥鴻爪有蘇意，芳草美人無楚騷。
> 禊事踵修王逸少，紛披詞藻品低高。

是記當年三月三十日宜園淡、桃、瀛三社聯吟，仿蘭亭修禊事，款待籾山衣洲先生和謝傅為先生。當時臺島稱日本為「內地」，中國為「支那」，故云：「兩國名流蹤偶合，一時盛會後難遭」，這時謝雪漁是四十三歲，似不欲論國事。

下面這首詩，〈辛未四月六日民國總領事館開館式〉是謝雪漁六十歲寫的：

> 親善派星軺，春風館幟飄。

　　東寧非舊府，南服是新朝。

　　國體相尊重，民聲不叫囂。

　　年光三十六，初見護華僑。

　　割讓三十六年，一九三一年才看到「中華民國」來臺設總領事
館，館舍在大稻埕，承租林本源柏記事務所辦公。由詩中可知時移世
變，「東寧非舊府」，表示臺灣當時已屬日本；「南服是新朝」，表示大
陸現在也不是清朝，而是「中華民國」了。而此時臺灣不屬「中華民
國」，被日本佔據。由「國體相尊重」一句，可以知道謝雪漁此時的
國家認同，已經屈服於現實了。此前一年的〈庚午六旬生日自題小
照〉寫道：

　　相憐這箇老頭兒，六十年間雙鬢絲。

　　萬卷讀書無所用，一生風骨空矜持。

　　遊說縱橫動人主，蘇張辯舌何能為。

　　釣耕莘渭懷伊呂，商周今或如其時。

　　碧梧翠竹倦棲食，鸞鳳不鳴嗟羽儀。

　　浮雲疾風自升舉，虯龍得勢驚雄姿。

　　蓬萊枉住仙山久，修煉黃茅法未知。

　　君子稱名疾沒世，一篇享帚偏珍詩。

　　這篇從對科舉的失望，到自歎一生奔忙無所成就。而歸結到只
能寄望藉由詩作流傳後世。可見其寄懷與用心，亦可知其開辦瀛社之
衷心。

　　能明白這樣的立場，便可讀懂〈滬上軍興感作〉的「漁陽何意動
鼙鼓？兄弟鬩牆戰衛魯」裡視中日為兄弟之國，與「列邦告急書馳

羽，終是奈何天莫補！」中對兩國戰事的無奈之情。而從《蓬萊角樓詩存》中的〈寄滿州國外交總長同宗介石君〉這首七古中：

> 長白山高風雪寒，松花江闊奔狂瀾。
> 三千民眾建新國，直上扶搖鵬翮搏。
> 五族共和尾不掉，問誰鐵石為忠肝。
> 奪取河山壓孤寡，胡兒石勒嗤權姦。
> 善後東亞不籌策，久迷當局清旁觀。
> 強要終忌鼠投器，躁急應愁猴毀冠。
> 南海幽囚舊天子，復辟軍中諮議官。
> 奮飛神雀得生處，不凍山頭悲紀干。
> 霖雨蒼生罷絲竹，吾宗晉室扶偏安。
> 哀鳴鴻雁集中澤，為謀稻粱心力殫。
> 速選精騎出誅叛，城攻馬保降都曼。
> 珠履孟嘗門下客，寧彈劍鋏歌馮驩。
> 欲說秦師燭之武，壯不如人老更難。
> 只合披裘富春去，子陵臺上垂漁竿。

可知謝雪漁對「革命」的結果是失望的。從「五族共和尾不掉」到「躁急應愁猴毀冠」，都是在指責袁世凱竊國稱帝。「五族共和尾不掉」，是說民國原本倡五族共和，和袁世凱達成協議，讓他當第一任大總統。誰知因此無法約制他，反受他控制。「奪取河山壓孤寡」，言袁氏逼隆裕太后、溥儀退位，自己當大總統，進而改帝制，即位當皇帝。像這種奪取天下的手段，就如曹氏、司馬氏的作為，連羯胡石勒都看不起。「吾宗晉室扶偏安」是用謝安的典故，講謝介石能幫助滿洲國的溥儀皇帝。「速選精騎出誅叛，城攻馬保降都曼」用的是唐代蘇定

方的典故，希望能夠誅叛復仇。最後是說孟嘗君那些上等食客，都比不上被下人冷落的馮驩，冀望謝介石能拔擢、重用真正的人才。但是謝雪漁說到自己，就自謙年老才幹差，只適合隱居江湖，當個釣翁。

滿洲國的成立是一九三二年，當時謝雪漁六十一、二歲。而來自臺灣的謝介石則擔任滿洲國外交部長。當時日本政府已為主戰派把持，謀華日亟。趁著中華隱忍退讓，準備以公理訴諸國際時，盤據東北。為阻張學良勢，爰立滿洲國。但是謝雪漁怎麼看呢？從他的〈漢洲國頒帝制溥儀執政即位謹賦〉：

> 有無分合事何常，朔漠河山祖發祥。
> 縱說新邦仍舊國，翻欣執政作興王。
> 成功士飲黃龍府，應運人生白燕鄉。
> 封衛楚邱齊創霸，桓公恩義那能忘。

一九三四年滿洲國確行帝制，溥儀即位（這是他一生中第二次登基）。有無指滿洲國（今有）和清廷（前無），分合指天下大勢之統一或割據。「成功士飲黃龍府」，用岳飛典故，乃言其日後或能自此復國；「應運人生白燕鄉」藉西周時周召共和，或真正共和可能因此而啟。而最後兩句，封衛指成立滿洲國；楚邱指大陸，因為當時的大陸是南京政權；封衛楚邱，即是在大陸土地上建立滿洲國。桓公是齊國的君主，齊國指日本，意思是希望溥儀不要忘了是日本幫他立滿洲國的。像這樣的詩句用典，要了解謝雪漁的國族認同，才能正確解讀。

此後抗戰軍興，一直到後來太平洋戰爭其間，謝雪漁也未曾指責日本橫暴興兵。在詩中對日本宣傳的「大東亞共榮圈」懷抱著理想主義的期望，批判英國以其強大武力蹂躪殖民地（〈皇軍攻落星洲喜賦〉，載於《興南新聞‧興南詩苑》一九四二年二月二五日）；也對山

本五十六的陣亡致哀（〈敬輓山本元帥〉，載於《興南新聞・興南詩苑》一九四三年七月十七日）。原定一九三九年赴南京，因病延至一九四一年成行。汪精衛的南京政府成立於一九四〇年，當時的南京是汪政府的首都。連吳佩孚將軍過世（吳佩孚與謝雪漁交情不錯，曾為《詩海慈航》寫序），他寫的輓詩也沒有懷疑、批判、究責日本人。當中、日戰爭烽火連天，後來又捲入世界大戰之際。謝雪漁在詩中的國族認同就更明顯為日本，而且是支持日本的主戰政策的。這不曉得這與他的記者身分有關否？

　　但是其詩中潛藏的文化認同，則混雜了對中國的同情與關懷。《蓬萊角樓詩存》中像〈感事〉詩的「伍員未必忘宗國，伐楚何因竟說吳」、「函關鼓角秦兵合，曲沃池城晉室分。陽氣潛藏龍勿用，可憐諸夏竟無君」，這些句子都還掛念著大陸。其中〈次韻謝尊五宗弟六十一自壽詩〉頭兩句「共是鯤瀛劫後身，懶將影事認前塵」，更浮現了當年乙未割臺的亡國情懷。也就因為有這樣的感慨，所以詩中尚存些許鬱勃之氣，亦見淡淡黍離之思。這是到日本戰敗前的認同。

四　日本戰敗後，國民政府統治時期

　　謝雪漁的《奎府樓詩草》與《蓬萊角樓詩存》都結集成書於日據時期，一九四五年之後的詩，或見於刊物，或見於友人詩集，可由「全臺詩智慧型知識庫」查知。這時可以看到他也使用「光復」，表明對「民國」的認同，這首〈次韻酬今可先生新年書感〉錄之如下：

　　　蠻觸蝸牛角上忙，干戈擾攘禍蕭牆。
　　　英雄豪傑同千古，富貴功名混一場。
　　　花樣看翻新世態，蕪詞欣寫舊文章。
　　　喜逢光復身猶健，努力還思佐國昌。

這首寫在一九四七年，日本已經退出臺灣，而大陸內戰再起。故云「干戈擾攘禍蕭牆」，指國、共在打仗。他覺得這些都是無謂的名利之爭，而真正有意義的是當此臺灣光復之際，應該好好幫忙建設國家。詩中的國家指的是「中華民國」，不是日本國。此時謝雪漁七十六歲，已值晚年，猶懷報國之志，未若昭和時期偶見頹唐意緒。一九四八年臺灣省通志館成立，謝雪漁任顧問委員。觀其於《臺灣文獻館館刊》創刊號發表的〈日寇侵凌牡丹社〉首篇，已經改稱日本軍為「日寇」了。而其同年發表詩作〈賦贈了空居士李子寬先生〉五首之三寫道：

> 謀逆張楊託練兵，行轅圍劫太無情。
> 被拘旬日西安厄，統帥欣能虎口生。

李子寬當年來到臺灣，便著力於讓軍、政勢力離開善導寺，而以善導寺為弘揚佛法的場所，乃佛教界名人。但是早年的李子寬是從同盟會開始倡議革命，一直到抗戰時期的重慶政府中都有參與軍政的人物。謝雪漁這首以張學良、楊虎城為謀逆，以蔣介石為統帥，不只表明其擁護南京政府的立場，也透露出對蔣介石的認同。但此時的他或許體認到臺灣不屬於日本了，蔣介石的軍隊已來接管，所以在行文下筆之際難免要配合當道。這在日據時期已有所見，故如是轉換亦屬配合世變爾。他比較真正的看法應該是像上一首的內容，認為國共內戰猶如兄弟鬩牆。一九五〇年的〈庚寅中秋〉寫道：

> 大地陰晴共素秋，誰同水調唱歌頭。
> 一年璧月明今夕，萬里金風冷九州。
> 笳鼓聲喧驚燕雀，旌旗影動舞龍虬。
> 廣寒仙樂羽衣曲，可得玄宗再顧不。

「萬里金風」，兵氣未消也；再接下聯「箛鼓喧聲驚燕雀，旌旗影動舞龍虯」，可知臺海猶處於戰爭的陰影之下。尾聯則以玄宗出幸蜀地，喻蔣介石退守臺灣。而寄寓是否蔣能有機會反攻大陸呢？詩中藉用典以言時事，並表達自己對政治興衰的感慨。可知一場國共戰爭，蔣介石失守神州大陸，來到臺灣，其時局勢猶未穩定。謝雪漁此詩於中秋節慶氣氛中，也寄寓了漁陽鼙鼓之聲。故知其於一九四九年之後，政治認同回歸民國，而文化認同則回歸漢文化。

五　結語

通過上面三個時期的整理，可以看出謝雪漁在詩中展現的國族認同可能隨世變遷移，或為清朝、或支持「臺灣民主國」、或為日本、或為民國。然而其文化認同及種族認同始終為漢文化及漢民族。在當清朝人時，他用心準備科舉，也初步有成，並由此累積及奠定其漢文化素養。支持「臺灣民主國」，應該是對清朝的認同及情感的延續。然亦目睹國移世變之際，清廷腐敗衰弱，而感到無奈。

在日本人統治下，他不只「力習帝國語言文字」，也接觸新知識、新觀念。而其豐厚的漢學素養，不唯成為其作詩之憑藉，也傳遞給對漢學有興趣的日本人，如他的學生小野西洲。也與日本具漢學素養之文化人士交流，如久保天隨、三屋大五郎、豬口安喜等。而由於他擔任《臺灣日日新報》的記者，不只觸角更廣，學習新事物的機會更多。其所素習之舊學，亦因與同事成立瀛社而得以抒擴情懷。這段時間大概只有被派菲律賓這幾個月是比較低潮鬱悶的時期。

二戰結束後，進入臺灣光復，他的生命也進入晚年。看得出來事佛更篤之外，也盡力符合當權者的要求。不過在謝雪漁的一生中，立基於漢文化，傳承之、發揚之，則是始終一貫的。且又能有開放之心

胸，與日本文化交流。不故步自封、膠柱鼓瑟，又是舊派文人之中
較為難得者。但這分心志，能深會者實屬少數，也難怪他會在〈癸酉
舊除夜〉（見《蓬萊角樓詩存》，頁12）中云：「清操未必人能識，熟
為儒林傳季回。」（《後漢書·儒林傳》：「高詡字季回，平原般人
也。……詡以父任為郎中，世傳魯詩。以信行清操知名。王莽篡位，
父子稱盲，逃，不仕莽世。光武即位，大司空宋弘薦詡，徵為郎，除
符離長」）了。

於瀛社社務推展卓有貢獻之
兩位先賢社友

林正三

臺灣瀛社詩學會理事長

　　成立至今已逾百有餘年的瀛社，其發展過程中，於社務之推展卓有貢獻者，日據時期當推顏雲年先生，光復後則為李建興先生。筆者於〈瀛社社史之整理纂修與研究〉中曾為文敘述，於今摘錄於下：

顏雲年

　　顏雲年（1876-1923）之參與瀛社極早，雖然發會式當天之〈花朝後一日瀛社初集席上聯句用柏梁體〉中未見作品，但是在〈瀛社雅集〉一題中即有其詩作：

> 天使文星聚北城，翩翩裙展訂新盟；
> 情深知己渾賓主，交到忘形勝弟兄；
> 把酒消愁歌慷慨，分題競賦筆縱橫；
> 太平吟詠儒生事，不讓蘭亭獨占名。

顏氏主要活動始見於明治四十三年六月二十八日《臺灣日日新報》第三六五○號〈瀛社例會〉之訊息上：

> 瀛社庚戌第三期例會，既如所豫定，去（六月）念六日開之於基隆許梓桑君新第……顏雲年君為值東者代表，起而敘禮且演說，語極風趣，大為喝采……。

顏雲年

由於顏氏挾其礦山鉅子之財力優勢，且勇於任事，慷慨捐輸，儼然當時社團之龍頭。頗具一言九鼎之氣勢，全體社員亦皆以其馬首是瞻。吾人可於下列幾個訊息中見及概略。如大正五年六月十七日《臺灣日日新報》第五七四六號〈編輯賸錄〉載：

> 瀛、桃兩社擊鉢吟會，如期於昨日午後二時半，齊集於水返腳周再恩君家，計二十人，以水返腳名勝之〈灘音〉為題，……

七時開宴，於潘君炳灼（燭）家。酒酣，雲年君提議每月出課題，擊鉢吟年開三次，在稻艋及附近諸友合開一次，在基諸友合開一次，在桃園諸友合開一次，諸人贊成，定來月一日起，發表課題……。

又大正六年七月十七日該報六一二五號〈擊鉢吟會盛況〉一則云：

瀛、桃聯合擊鉢吟會，如所豫定，去十五日午後三時，在顏雲年君寰（環）鏡樓中開會。……顏雲年君為值東代表，起為敘禮，略謂竹社每月課題既聯合，此擊鉢吟會亦不可不聯合，以為共同一致行動。每年四期聯合，瀛社之在稻艋其他者擔任一次，在基者擔任一次，桃社擔任一次，竹社亦擔任一次。……曰詩會，僅作幾首詩，似無關輕重，然藉以互通聲氣，亦一好機關也……。

又大正七年七月十五日該報六四八八號〈擊鉢吟會盛況〉載：

瀛、桃、竹聯合擊鉢吟會，如所豫定，去十三日午後三時，在基隆公會堂開會，桃社友出席者四人，竹社友出席者八人，在北及附近之瀛社友出席者九人……顏雲年君代表值東敘禮，……我瀛社自改革後，迄今不置社長其他役員，對外殊多阻礙，鄙意欲於今夕選舉社長、副社長、幹事、評議員等，以掌會務。但選舉要行投票恐費時間，爰欲依指名例，未知諸君肯委任鄙人否？眾皆贊成。乃由顏君指洪逸雅君為社長，謝雪漁君為副社長，魏潤菴（庵）、劉篁村二君為幹事，……後由簡朗山君欲推雲年君為三社聯合會長，而雲年亦欲推朗山君三社幹事，眾亦以為可……。

又如大正九年八月十六日該報七二三一號〈聯合吟會誌盛〉載：

> 既報瀛、桃、竹三社聯合擊鉢吟會，此回輪值瀛社，去二十五
> 日下午二時起，開於大稻埕春風得意樓旗亭，贈品宴會費雜費
> 一切，悉由名譽會長林薇閣氏一人獨力寄贈……其次由瀛社評
> 議員顏雲年氏，提議推舉內地人赤石（定藏）《臺日社》長及
> 吳艋舺區長（昌才）兩氏，為瀛社顧問，得一同贊成……。

又於大正十年八月九日該報七六○九號〈瀛桃竹聯合吟會〉一則云：

> 既報瀛、桃、竹三社聯合擊鉢吟會，此回輪值基隆，去七日下
> 午三時起，在田寮港顏雲年君雲泉商會事務所內開會……是日
> 例行雲年式之會場取締方法，會員各安置一定席次，禁絕對的
> 不許傳稿，而左右詞宗，亦各別設一室，距離相去極遠，勵行
> 甚確時間，真所謂一毫關節不通風也。又雲年氏並撰出一聯，
> 榜之黑板，聯云「大宗師選卷，用手摸免用眼看；小士子掄
> 元，在運好不在詩工」，以示朱衣暗點之意……。

可惜顏氏英年不永，於大正十二年二月九日即驟爾謝世（年四十
八），然其主持風雅，為瀛社所立下之典章制度，猶為繼起者之圭
臬。且顏氏當時並任瀛、桃、竹三社聯合會之會長，數年間，三社聯
合吟會，在其領導之下，可以說蒸鬱蓬勃。惜乎於其去世不久，三社
聯合吟會亦隨之終止而徒留回憶。然顏氏留與當時瀛、桃、竹三社社
友之懷念，卻是恆久不替的。如大正一二年五月十五日該報八二五三
號〈瀛社例會盛況〉云：

瀛社，去十三日午後二時起，開例會於基隆天后宮兩廡……而最悽愴者，為雲年兄之仙逝……念此實為心痛。抑鄙人更有希望者，雲兄對吾瀛社，實為有功者，自茲以往，每年於雲兄作古或其火化之日，定為在基例會之期，是日置雲兄寫真於座上，以故沈相其、陳潤生二氏為副，作詩以後，開宴之前，先行致祭，次第拈香，以表哀忱，想雲兄在天之靈，亦必鑑吾等之意也云云。

即可見證顏雲年先生對瀛社及古典詩壇之偉大貢獻。而瀛社成員對其哀思之誠，詞壇風義，昭然可鑑。

李建興

至於光復之後，則以李建興（1891-1981）氏之貢獻為最大，李氏亦屬礦業鉅子，財力雄厚，而勇於捐輸之熱誠，亦不在顏氏之後。

考諸李氏之加入瀛社，首見於大正一三年九月四日之《臺灣日日新報》八七三三號之〈瀛社題名錄〉中，由基隆小鳴吟社紹介加入者。其活躍於瀛社，亦大都在光復之後。然而李氏對於瀛社之貢獻，實可與顏雲年氏前後媲美，吾人可於以下數則報導見出概略。如昭和一三年六月十五日出刊之《風月報》六六期〈瀛社例會〉一則，亦有：

……次期輪值基隆組，許梓桑氏對眾聲明，經開議事，定來七月三日日曜日，即舊曆六月六日午後一時起，開會於瑞芳之炭山名所猴洞。社友李建興欲獨當會務，招待吟朋，並送往復車票。李君對社務極認真，此舉更足以豪云。

　　之報導。此外，一九六九年發行之《瀛社成立六十週年紀念集》中，林佛國於〈瀛社簡史〉一文並述及：

> 三十八年己丑，三月十三日，瀛社創立四十週年，社友李建興
> 先生，為兼祝其母白太夫人八秩壽辰，以瀛社名義，召開全省
> 聯吟大會於瑞三大樓。全省詩人三百餘人出席，于院長右任，
> 祝主席紹周，梁部長寒操，孔子七十七代孫孔德成等諸先生，
> 自大陸遷臺，首次與會。

李建興

　　即使不在其位，李氏尚且出錢出力，而於一九六四年接任社長後，更形踴躍，如同文：

> 己酉（五十八年）花朝，瀛社六十週年社慶，社長李建興先
> 生，假敦化北路民眾團體活動中心，召開社員大會以崇紀念
> 外，並舉行全臺詩人聯吟大會。與會者五百餘人，其午晚筵席
> 及詩刊獎品等由李氏捐附。

其後，一九七三年臺北市文獻委員會所籌組之中國詩社聯合社，李氏亦被推為社長。籌辦同年十一月一一日起，來自世界四七國，總計七天之世界詩人大會。即可見出李氏責任之重與譽望之崇。（事見六十二年七月十一日《中國詩文之友》三八卷三期）：

> 臺北市文獻委員會為籌組中國詩社聯合社，於去六月廿七日下午三時，邀請全省二十一縣市詩社負責人，在臺北中山堂光復廳召開第一回籌備會。各縣市詩社負責人三十餘人出席，推瀛社社長李建興先生為主席。議決組織規程及各有關事項⋯⋯今後由瀛社及臺北市文獻委員會負責進行籌組工作。

又該刊同年九月一日第三八卷第五期云：

> 中國詩聯於八月十八日上午九時在臺北市中山堂堡壘廳召開創立總會。由瀛社社長李建興主持，審議會則原案修改通過。共推李建興為社長。陳皆興，易大德，陳進東為副社長；常務理事蔡錦棟，白劍瀾，王天賞，杜萬吉，劉斌峰，吳松柏，王大任；理事林江郁，李步雲，張晴川，陳曉齋，蕭獻三，王友芬，黃祉齋，賴祿水，陳增祥，洪春立，江紫元，林錫牙，陳輝玉，蔡月華，王少滄，莫月娥，許君武，陳懷謙，吳延祉；監事吳保琛，何木火，李添福，邱敦甫，林濱，蘇宜秋，吳燕生；秘書長江紫元⋯⋯。

又同年十月一日第三八卷六期云：

> 中國詩聯訂於十一月十一日起七天在世界詩人大會期間中，預

定排在十五、六兩天的全臺詩人大會，擬在臺北市孔子廟召開。屆時將有五百名以上臺灣詩人參加之外，來自世界四十七國，即歐洲：英國、愛爾蘭、法國、比利時、義大利、捷克、奧國、希臘、西班牙、西德、瑞典、匈牙利、拉脫維亞、愛沙泥亞、瑞士、挪威、荷蘭、土耳其，美洲：美國、加拿大、牙買加，非洲：南非聯邦、象牙海岸、利比世、賴比利亞、塞納格爾，大洋洲：澳大利亞、紐西蘭，亞洲：印度、伊朗、巴基斯坦、錫蘭、茅立西斯、印尼、馬來西亞、新加坡、越南、泰國、香港、日本、韓國、菲律賓等約壹佰伍拾以上之外國詩人及僑居海外之中國詩人參加觴詠或觀摩。該社現正積極籌備中，並希望全臺詩友於此有歷史性之雅會踴躍參加，以促進文化復興之機運。

對於這一次詩會的過程，李氏曾有回憶云：

六十二年癸丑八月，詩社聯合社成立。揭櫫昌明詩教，鼓吹中興之大義，列名發起者三十餘社，其他未及參加者不與焉。同年十一月，世界詩人在臺召開第二屆大會，全臺詩人特舉行歡迎世界詩人全臺聯吟大會，介紹臺灣詩人流風餘韻與詩教之淵源悠久……。

又據時任「中華民國詩社聯合社」秘書長的王國璠（本職臺北市文獻委員會執行秘書）於〈第二屆世界詩人大會紀實〉一文云：

在第二屆世界詩人大會的同時，臺灣的詩人團體──「中華民國詩社聯合社」，也集結了七十五個詩社代表八百五十七人，

在理事長李建興的領導下，假臺北市孔子廟，召開傳統式的
擊缽聯吟大會，表示對從世界各國來的代表一種由衷的歡迎之
忱……。

　　筆者於撰述〈瀛社社史之整理纂修與研究〉一文時，訪問社中耆
老王精波先生，據云李氏於此次世界詩人約花費新臺幣二百餘萬元之
夥（時任本社顧問之林熊祥亦慨捐二十萬元），於此可見其於詩學運
動之熱心。

　　綜觀瀛社成立近百年來，之所以屹立詩壇而歷久不衰，其中固然
是全體數百位社員承先啟後，努力延續斯文命脈的結果。然而顏、李
兩位先賢生前對本社之捐輸，洵有不可磨滅之功，實足為我等後起者
引以為效法者，於茲特予揭出，以彰其德。

　　尤足一述者，李建興社長孫女婿許哲雄（目前為入社資歷最深之
社友），頗有祖岳之風，於詩學會立案之後，迭有捐輸，對社運之扶
持，可謂不遺餘力。而於其第三屆理事長任內，更獨力捐贈新北市瑞
芳區四角亭房舍一層，提供本會做為文物、書籍貯置之所，庶使瀛社
有關史料不致流離失所，實有功於瀛社者，於此並為記之。

一九七四年六月二十四日膺選國際桂冠詩人會長余松博士
為李建興先生加冕

略談瀛社網站之沿革

施得勝

臺灣瀛社詩學會常務理事

細說從頭

　　自二〇〇五年起由林正三接任瀛社社長（理事長）以來，有鑑於二十一世紀網路時代網站已經是現代機關行號必備的門面，特委請林泰孚架設並管理（當時建構費用一萬元，由林正三社長支付，管理則屬無給職）專屬網站，並於該年八月二十四日正式上線。當時是以 phpbb 論壇方式呈現（http://www.tpps.org.tw/phpbb/，目前已廢除），後由陳建宗詞長（蘭若）、呂清海接手管理。

論壇式網站（Discuz!）的誕生

　　Discuz! 是大陸使用率非常高的論壇後臺系統，功能齊備。前管理員陳建宗詞長向吳秀真秘書長（雲夢泛影）建議，引進該後臺。瀛社自二〇一一年採用此論壇作為網站入口（目前掛在 http://forum.tpps.org.tw/），並與陳旻鴻詞長（劣手）共同管理，陸續建立諸多內容，此皆詞長們無償完成。

　　當時引進此平臺是希望加強吟唱部分的交流，遂於網站內成立吟

唱專區，並匯集多位詞長吟唱記錄，大部分是 Youtube 的連結，有些是保存下來的聲音檔。也將社課時的吟唱發表建置於交流區。主要架構為：

（一）文獻區

1 瀛社社史：本社文獻資料與社員傳記
2 例會聯吟：本社例會課題與擊缽選錄
3 瀛社社訊：本社例會及社員相關訊息
4 騷紀：本社發行刊物

（二）專區

1 周福南理事長訪談實錄
2 賀林正三老師榮獲文藝薪傳獎
3 紀念黃天賜老師
4 張大春先生
5 紀念黃祖蔭老師
6 灘音吟社九十周年慶
7 連勝彥顧問書法作品集
8 林政輝顧問書法作品集

（三）創作區

1 邀約版：邀約會員發表版
2 學習版：古典詩──初學者尋求指導（版主：璐西、彭城柳三）
3 交流版／瀛海詩府：古典詩──發表交流（版主：璐西）
4 詞版／東寧詞垣：詞牌曲調──發表唱酬處（版主：尋夢客、彭城柳三）

5 瀛青版：大專生聯吟活動及課題詩（版主：林立智）

6 課題版：社課課題（雲夢泛影，鄭慧貞）

7 論文版：古典文學──文獻與論述（版主：東城居士、靖雲、
尋夢客

Discuz! 平台的瀛社網站

（四）吟唱區

林正三、洪世謀、康濟時、洪淑珍、吳秀真、賴添雲、李春榮紀
念集、交流版。

（五）友社區（也當成友社自己的交流空間）

草屯登瀛詩社、彰化縣香草吟社、華夏一青、員林興賢吟社、福州三山詩社、大安宜蘭社大吟唱班。

（六）互動區（其他交流）

1 書畫篆刻。
2 議題討論：發佈主題投票、懸賞、辯論處。
3 藝文消息：藝文訊息推薦以及發佈活動處。
4 留言版：一般留言。

（七）相關連結

瀛社 Facebook、古典詩詞雅集、中國書法學會、華夏一青、顏崑陽文學館。

我的加入

個人經營資訊公司（工作室型態），因為個人興趣，在二〇一一年參加了瀛社的課程，之後即加入瀛社。當時的社課在長安東路，每週六下午上課，課程很豐富，有林正三講授詩學，洪淑珍指導吟唱，黃天賜老師講授古詩，後來還加入林瑞祥教授的詞學。一個下午四小時的課程，疲累但是豐富，幾年下來收穫滿滿。由於工作關係，吳秀真詞長邀我共同管理網站。因為工作甚忙，本來我是委外處理，但不如理想，二〇一四年六月我還是拉回來自己管理。是年九月我提出一份網站分版建議，就是上面的內容，分別找到各版版主後，就一直順暢的營運下來。這段時間觀察到網站很多現象，跟諸位分享。

網站觀察

瀛社是一個有百年歷史卻又仍舊保持活力的古典詩社，網站經營幾年下來，內容漸漸豐富，也發現一些有趣的現象。

（一）外人用得比社員多

本來網站是線上凝聚社員的好地方，但我發現非社員的同好，以及大陸和海外的團體來用的比例非常高。相較之下社員本身反而顯得不很熱絡。期間我們嘗試舉辦很多活動來刺激熱度，但實際成效有限。真正會貼上作品交流，或是回應貼文的詞長，就是那同一群人。

（二）吟唱比詩學創作熱門

近年吟唱推廣如火如荼，有很多單位同步推廣，多年有成。幾位老師們在 Youtube 上的影片一直都維持高觀看率，網友爭相學習模仿。這些老師的教學或表演內容，很完整的整理在瀛社網站吟唱區，所以點閱率都頗高。甚至全球很多社團和個人也會點入觀看。

（三）有人就有江湖

創作交流區一段時間就會有新人來貼創作，往往在有其他詞長提出見解後，就陷入論戰。後來不得不區分為「學習版、交流版」，其中學習版我設了如下版規：

> 非常歡迎您得到訪，在您發表作品前，請先詳讀下面的內容。
> 1 本版設置目的在提供初學者得到適當的指導。
> 2 若您覺得「被指導」有損顏面，請發表到「交流區」。
> 3 既然是「學習版」，請勿在此筆戰。
> 4 有任何疑問、糾紛，請向系統管理員反應。

相對的，在交流區設了如下版規：

1 本版為發表古典詩之處，網友自然交流互動，版主只管理
　秩序。
2 請相互尊重，勿攻擊漫罵，否則管理員有權直接刪除。
3 與詩詞無關之言論，管理員有權刪除。
4 發表作品時，請依平水韻。依中華新韻者，請另覓適當之發
　表管道。
5 若不符合格律、用韻規則，管理員有權將貼文移至「學習
　版」。屢勸不聽者，管理員有權逕行刪除。
6 如有引、借用他人詞句，敬請標明。

所以管理員時不時還要兼調停角色，也是始料未及。

（四）有網站就有垃圾

既然是論壇，就不可能是淨土，垃圾廣告一定如影隨形，會無所
不用其極的用各種方式滲透進來。一段時間沒注意，就會有滿坑滿谷
的「喝茶外賣」廣告（自己想）。儘管在源頭會員就採許可制，但還
是有人混得進來。沒辦法，這就是網路生態，只能靠管理員辛苦一點
整理了。

形象網站登場

我於二〇一四年十一月曾提出網站的未來規劃藍圖，其中提到：
「一個百年老詩社，在網路世界應該有對等的規模與品質，更應於詩
壇肩負起教化與傳承的作用。應善用網路特性與機制，跨越地界、虛

實並用，配合活動，展現百年老詩社執牛耳的影響力，帶領詩壇。可朝向『華人最具代表性的古典詩詞網站』經營」。

　　二〇一八年由黃鶴仁擔任第五屆理事長，甫上任即詢問我有關網站的建議，我提出最好入口是形象網站，再連結到原來的論壇網站的構想。理事長決定進行改版。進入規劃後，黃理事長得知先賢謝尊五的後人有意贊助，在二〇一九年底完成第一版，陸續將資料充實後，二〇二〇年大抵定版。

　　因那幾年我公司專案多，沒有再參與網站規劃。最後看到網站推出時，整體形象給人耳目一新的質感，不似原來論壇網站的大雜燴。對於歷史、先賢、文獻的介紹，讓大家能看到瀛社的歷史脈絡。網站採用自適應方式設計（RWD），適合各種平臺觀看。但也發現原來論壇網站的互動性在新網站完全不見蹤影，也沒有適當連結到舊站論壇。

　　這其中有理事長的主觀意志，後續雖然我將舊網站暫時搬到自家公司的空間，但因臉書、Line 的流行，作品發表的空間漸趨多樣化，舊論壇雖然輕度連結上了，但已完全失去原有的活力。這可說是新網站判了舊網站死刑，令我不勝唏噓。

二代形象網站登場

　　二〇二一年第六屆理事長由林正三回任擔綱，對於新舊網站現況亟思整頓，指派我規劃。幾次會議後，我們還是決定維持形象網站做為入口，並補足社團活力的呈現，例如活動紀實等。並將創作交流重任交回原有論壇網站，適當連結。二〇二一年七月我提出二代網站規劃，適逢新冠疫情，經過幾次視訊會議將需求定案，並經兩家廠商報價，最後決定放棄原設計廠商的架構，採用另一家有經驗又更便宜的廠商進行設計，網站已於二〇二二年一月推出。架構大致為：

（一）首頁（一樣為自適應網頁 RWD）

（二）主清單：認識瀛社、消息公告、會務紀實、文獻刊物、創
　　　作專區、吟唱專區、詩學教育

（三）副清單：友好連結、全站搜尋、論壇

細節就不贅述，但對於遴選過程倒是可以稍加著墨。原設計團隊
是兼職，而且整個 RWD 前後臺網頁是手工打造。開發費用高，維護
費用也高。這次要改版，對方報價是第一版設計的百分之五十。第二
家巨創（www.geneinfo.com.tw）我曾經合作過數次，從他們的介紹網
站看來可知經驗豐富，前後臺可套用的 RWD 版型多。我挑選他們設
計的商業總會網站為藍本，他們就能以極為優惠的價格就能承接。網
站完成後，經理事長辛苦移入巨量的舊版文獻，也經過網站小組的辛
苦測試，目前皆已正常運作。歡迎海內外舊雨新知能不吝到訪指導！
網址仍為：https://www.tpps.org.tw/。

二〇一九年成立瀛社形象網站 http://www.tpps.org.tw/forum/

瀛社遞嬗之跡及對臺灣古典詩壇未來之期許

林正三

臺灣瀛社詩學會理事長

日據時期之瀛社

　　日據時期，我臺三大詩社之櫟社、南社，戰後皆相繼走入歷史。而瀛社至今仍然得以屹立不搖，考其原因，在日據時期，約有下列數點：一、瀛社成員中曾任職《臺灣日日新報》者，計有劉維周、林馨蘭（湘沅）、陳洛（淑程）、楊仲佐（嘯霞）、李書（逸濤）、李黃海（漢如）、魏清德（潤庵）、賴子清（鶴洲）、許寶亭（劍亭）、郭鏡蓉（芙卿）、謝汝銓（雪漁）、楊仲佐（嘯霞）、黃贊鈞（原號石峻，後改石衡）、林佛國（石崖）、林熊徵、王自新（湯銘）、李燦煌（碩卿）、林長耀（菊塘）、洪玉明（夢樓）、尾崎秀真（日人）、赤石定藏（日人）等約二十餘人。藉諸媒體之便，大力推轂而造成風潮。二、瀛社與其他詩社不同之處，係屬開放性團體，除本社成員外，並接受他社之整體加盟，海納百川故能成其大。三、陸續加盟之十個友社中，除「瀛東小社」及「星社」以外，其餘各詩社皆有塾師開設研習班，以傳承詩學，故能維繫斯文於不墜。

戰後兩岸詩人之匯流

　　戰後，一九四八年起，樞府策劃東遷，許多精於詩學創作及理論的專家學者，隨之來臺。或任教上庠，授業傳薪，諸如梁寒操、李漁叔、成惕軒、易大德、李猷、吳萬谷、林尹、劉太希、伏嘉謨、盧元駿、蕭繼宗等。或參與詩社聯吟，藉通聲氣，諸如賈景德、于右任、曾今可、張維翰等；或創辦詩刊扢揚風雅，諸如曾今可、李漁叔、張佐辰、易君左、朱玖瑩、張泰祥等。經與臺灣本地詩人匯流，營造出臺灣古典詩壇一個嶄新的局面。

　　一九四九年己丑，三月十三日，瀛社創立四〇週年，社友李建興，為兼祝其母白太夫人八秩壽辰，以瀛社名義，召開全省聯吟大會於瑞三大樓。詩人三百餘人出席，于院長右任，祝主席紹周，梁部長寒操，孔子第七七代孫孔德成諸位詩壇大老，自大陸遷臺，首次與會。

　　一九五〇年四月十九日（陰曆三月三日上巳），黃純青、于右任、賈景德等於臺北士林建成之新蘭亭，薈集全臺詩人作集體聯吟，以抒發故土情懷。出席之本省詩人有謝汝銓、謝尊五、黃贊鈞、楊仲佐、倪希昶、林述三、魏清德、李建興、李遂初、林熊祥、鄭雲從、林衡道等五十餘人。據賈景德《庚寅上巳新蘭亭修禊集》序云：「是日至者一百三人，臺北謝君汝銓年八十最為祭酒，共得詩一百五十二首、詞五首……。」全部參加詩盟一〇三人，其中隸屬瀛社即達三三人。

瀛社近況

　　回思筆者之加入瀛社，係在一九八五年初。同期入社至今仍然在籍者有王前、蔣孟樑、翁正雄、邱天來。而更早於此者唯有許哲雄一人而已。在瀛社一一一年歷史長河之中，經歷了三分有一之時光。筆

者自一九九九年擔任瀛社總幹事，方始實際參與社務運作。自二○○五年元月當選瀛社社長，於同年八月構建專屬網站並上線，翌年申請立案，成為全臺性詩學社團。至第三任理事長許哲雄，於二○一二年七月，向臺北地方法院申請法人登記，成為全臺第一個有關古典詩學之社團法人。孰知到第五任理事長黃鶴仁手上，即因變更登記通知補件而未予處置任其荒廢。延至本屆方始恢復申請。

　　記得初入瀛社時，社中大老皆屬學殖深厚之士，當時周師植夫，形容這些詞壇大老，乃是以「五星上將」稱之，於此可見詩壇前輩學識之豐，詩詞造詣之厚。反觀時下，由於身處工商資訊發達之際，社會上分工愈細，專業領域愈多，業餘遊娛之方亦多。致使成員無法專務於詩，以致程度與前相較，實不可同日而語。個人於二○○八年發行之《會志》中，即曾提及「於此物質文明掛帥，功利主義抬頭之際，由於主政當局不注重人文教育，至造成社會風氣澆漓，道德淪喪之亂象。」一節，審視今日，似有更甚於前者，社會潮流無不處處妨礙古典詩之發展。看到近期大陸對傳統學術之重視與推展，對比臺灣「去漢化」之浪潮，足以顯示臺灣對古體詩不積極推進之過程。衡諸大陸雖經十年文革，然因數千年文化之積累，底蘊深厚，自一九七八年改革開放後之急起奮發，誠所謂大破壞後之大建設。四十餘年來對於傳統學術之推展，幾已凌駕於臺灣之上。而臺灣因文化根底並不厚實，一經破壞，勢將淪於萬劫不復之境地。尋思至此，不禁為古典詩憂，為傳統學術憂。為使我輩不至淪為末代傳統文化之罪人，其圖存之道，只有仰賴有志之士，積極奮起，勇於擔負重任，為詩壇之砥柱，力挽狂瀾於既倒。

瀛社因應本土化之浪潮

　　臺灣自一九九○年起推進本土化運動，已逐漸成為趨勢和潮流。本土化在意義上乃是強調本土自身文化或在地文化。而本會有見於此，於詩作題詠內涵方面，盡量朝向有關本土題材之吟詠，諸如〈題詠臺北景點〉、〈懷沈葆楨〉、〈景福門〉、〈文化創意〉、〈詩詠臺灣〉、〈花博泛詠〉、〈臺北捷運各站或附近景點〉、〈題詠雙北市景點〉、〈題詠臺灣歷史人物〉、〈題詠臺灣先賢詩人〉、〈文創產業〉或就〈登四獸山遠眺〉、〈貓空品茗〉、〈關渡賞鳥〉、〈魚路探幽〉、〈淡水風情〉、〈草嶺古道〉、〈深坑巡禮〉、〈平溪探幽〉、〈芝山巖健行〉、〈霞海城隍祭〉等十題任選一題方式等等有關臺灣之歷史人物、觀光地景及扣緊時代脈動之事物，作為優先題詠材料。並積極朝向推動詩文書法藝術走入社區，結合群眾以提昇全民生活品質，帶動全民對於詩文與書法之興趣，提供「鄉土的藝文、藝文鄉土化」的概念，豐富臺灣文化內涵，以期更能切合本土。相信這是所有關心臺灣這塊土地的兩千三百萬人民共同的期望，而不僅淪為口號而已。

戰後全臺性之古典詩學社團及刊物

　　有關戰後全臺性之古典詩學社團，依成立先後為序，計有春人詩社（一九五二，未立案）、中華詩學研究所（一九六八）、中華民國傳統詩學會（一九七六）、中華民國古典詩研究社（一九九○）、中華民國漢詩學會（一九九三）、中華楚騷研究會（通稱「楚騷吟社」，一九九○）等。近傳「春人詩社」因老成凋零，將有熄燈之虞，聞之不禁令人唏噓不已。回想八、九○年代，該社可謂人才濟濟，並曾出版《春人詩選》十餘巨冊，而今卻寥落如此，於茲可見詩種薪傳之重要性。

　　至於光復以來之詩學刊物，主要計有《臺灣詩壇》（一九五一）、
《中華詩苑》（一九五三，後改《中華藝苑》）、《詩文之友》（一九五
三，後改《中國詩文》、《中國詩文之友》，一九七八年又改回《詩文
之友》）、《鯤南詩苑》（一九五六）、《中華詩學》（一九六九，原為月
刊，後改季刊）、《古典詩刊》（一九九○，月刊）、《楚騷吟刊》（一九
九○，季刊）、《漢詩之聲》（一九九三，季刊），《臺灣古典詩擊鉢雙
月刊》（一九九四）、《乾坤詩刊》（一九九七，季刊）、《中華詩壇》
（二○○二，雙月刊）等。目前仍在發行者唯《中華詩學》（現已改
為半年刊）、《乾坤詩刊》、《中華詩壇》等。

　　就前所述，兩岸詩人匯流結果，造成臺灣古典詩壇另一段燦爛的
時光。一直到了七、八○年代，東渡之詩學大老相繼凋零。而省籍大
老則陸續開設詩學研習班，即以瀛社為例，基隆周植夫老師自一九七
九年起自一九九五年下世，多次應邀於臺北、基隆等地講學，生徒裁
成之眾無出其右者。此外，第六任社長黃鷗波於其長流藝廊之樓上，
亦曾開設詩學研習班。而自二○○六年瀛社申請立案以後，有鑑於詩
學傳承及培養新血的重要性，自二○○七年起，即於長安西路民安里
區民活動中心開設詩學研習班，每年一期，至今已屆十四期，第一期
至第八期由林正三主講古典詩學及閩南語聲韻學，第九期至十四期由
黃鶴仁講授古典詩文。洪淑珍則自第一期至十四期指導詩詞吟唱。

時下臺灣古典詩壇

　　綜觀時下臺灣古典詩壇，略分學院與民間詩人兩派。各大專院校
之古典詩教學，大都以賞析為主，指導創作的老師不多，要求學生創
作者更是少之又少。各大學中文系教師分成兩種類型，一類是以中國
歷代詩人、詩作及詩學理論作為教學及研究對象；另一類則傾全力於

蒐集、整理、研究臺灣有史以來之詩人詩作，以之建構我臺文學及文獻史料，其於我臺文學史之結集、纂輯，實有其不可磨滅之功。然而由於授課及研究壓力甚大，以致無法分心於創作，故在此一方面，反不如民間詩社之蓬勃。

　　爾來由於資訊網路的興起，詩詞論壇網站遍佈，溝通管道暢通，學院與民間兩派有漸趨合流之現象，此毋寧是可喜的事。晚近更因Facebook（臉書）、Line 等新型應用程式的開發，其便利性又凌駕乎論壇網站之上，似漸有取而代之的趨勢。卻因 Facebook 社群組成分子龐雜，已經不是屬於專門談詩論藝之場域，Line 則只是一小部分志同道合者或同一團體互相聯通之用。甚且部分社群網站，淪為意識型態所綁架，變成「是其所是，非其所非」，無法平情作學術之論辯，致使網路論壇已經變成只有立場而無是非的地方，又碰上趨拍一族，盲目屈從，恬不知文人風骨為何物，尋思至此，不禁為古典詩壇擔憂。

臺灣在「文學藝術」方面之國際競爭力

　　臺灣專業人士協進會於二〇二〇年舉辦「國際競爭力高峰論壇」，就臺灣「十大國際競爭力產業」票選排名，「文學藝術」一項列名第九。略云：

> 臺灣在中國山水畫、書法、古典詩詞等領域成就傑出，甚至於領先對岸大陸。雲門舞集等也是享譽海內外的藝術表演團體，所以在專業口碑與國際知名度上，都有佳績，是以獲得肯定。

　　然而當政者對於中華民族之歷史、詩詞及古文等固有文化棄如敝屣，導致競爭力有日趨下降之勢，實在是一大隱憂。唯一解決之道，

是將歷史、文化、學術、教育等，超然凌駕於意識型態之上。人類學上於族群分類的主要依據，乃是以語言文字為準。若某一族群的語言消失，則該族群即形同滅亡，所謂「母語死，則族群淪亡」，誠非虛語。目前教育單位正在積極推行鄉土母語教學，如能與古典詩詞之欣賞、創作與吟唱相輔相成，必可收事半功倍之效，如此未嘗不是突破古典詩學學習瓶頸之有效方法及由衰轉榮之契機。故而冀望有心人士，盍興呼來，共同為民族文化之傳承而努力。

後繼無人之隱憂

此外，由於學詩人口年齡偏趨老大，繼起無人，乃是古典詩壇之一大隱憂。目前民間詩社中，凡是未有開設詩學研習班以培養繼起人才者，不出數年，必將面臨衰亡之窘境。茲舉臺灣瀛社詩學會為例，瀛社於二〇〇六年申請立案，即有詩學研習班之開設。目前現有會員七十六人之中，其中就有二十餘人曾在該班受業。另外社團負責人之領導風格，對於社中成員之向心力，亦佔極大的關係。瀛社於第四屆理事長（二〇一七）期間，社員尚有百人之數，到了第五屆（二〇二〇）唯餘七十六人。內中除了自然凋零者十一人（周添文、許欽南、陳保琳、陳欽財、郭三河、駱金榜、李政村、葉金全、鄞強、徐世澤、朱自力，另陳子波於申請立案時即未列名）外，其餘皆因理念不合或遭排擠而退社，寧非詩壇之厄。

古典詩壇之傳承之道

就臺灣漢詩（古典詩）於學校教育及民間社團傳承、推廣之方法，筆者於二〇二〇年臺灣文學館舉辦之「從《全臺詩》到全臺詩國

際學術研討會」中，曾發表〈《全臺詩》傳承推廣與教學之芻見〉一文，略陳如下：一、以吟唱帶動風氣。二、仿效藝術家駐校之型式，以輔導學校古典詩社團。三、結合民間團體，開辦「詩學研習班」。四、舉辦徵詩比賽，以吸引群眾目光。五、在活動中，增加臺灣漢詩的分量。六、思考、研究兼採「中華新韻」，與傳統「平水韻」兩者並行之可行性。期望能達到傳承、推廣的目的。如能加以推動，未嘗不是振興古典詩學之助力。

　　此外，聲韻之美，乃是古典詩之一大特色，故而「古典詩」用韻極為嚴格。尤其是近體詩部分，由於唐、宋時期語言之聲韻是屬中古音時期，當時詩詞創作所用之韻部乃以「平水韻」為基準。其聲調、韻部與目前通行之國音有極大的差異。導致受國音教育者，無法辨別入聲字及韻部。而舉凡學過聲韻學人士，莫不知道閩、客語言仍然保存者平、上、去、入四聲分明之特性及中古音之聲、韻、調，甚至於部分語言可以追溯到三代《詩經》時期。更知道古典詩詞（包含山歌、褒歌、唸謠等）乃是我臺「鄉土文學」之瑰寶，而臺灣的閩、客族群之語言文化，更是精華中之精華。目前本省民間詩壇於古典詩之教學，大都採用閩南語、客語等鄉土母語，如能借助古典詩詞之推廣傳承教育，與鄉土母語之教學相輔相成，定可收到事半功倍之效益。

結語

　　詩歌是文學的，也是鄉土的，是歷史的記憶，更是詩人心血的結晶。一個國家民族的興盛，必是物質文明與精神文明齊頭並進，才能得到和諧的境界。賈德清在《中國文化學・審美精神與文化理想》中，提到「西方文明的突出成就是基于理性思維的工業文化；印度文明的突出成就表現為宗教文化的完整性；而中國文明的顯著特點，是

在詩歌創作領域，顯示出卓越的才華。」賈氏所謂「詩歌創作領域」，就是古典的詩詞歌賦。吾人講求耕讀傳家，「晴耕雨讀」是樂天知命的民族性表徵，也是精神與物質文明和諧的境界。詩歌則是美化吾人精神的元素，所謂「質勝文則野，文勝質則史。文質彬彬，然後君子。」於今，社會上功利之風蔚起，世道日見澆漓，人心益趨涼薄。未嘗非一二人不注重「溫柔敦厚」詩教之緣故。所幸尚有諸多有志之士，矻矻孜孜，為振興詩道而奔走傳薪。

以上為個人對於臺灣瀛社詩學會乃至整個臺灣古典詩壇的觀察與感觸，草此短文，就教於方家。

卷二　臺北市天籟吟社

天籟吟社的蛻變

姚啟甲

臺北市天籟吟社顧問

一　初識天籟吟社

西元二○○一年九月，歐陽開代先生邀請在社區大學教課的楊振福老師另外為我和一些熟悉的朋友們開一班「唐詩賞析」。楊老師認真教導我們這些幾乎都是理工科畢業的，不懂詩詞的學生，大家都覺得古典詩詞很有意思，學生們也都很開心的學習，沒想到二○○四年六月楊振福老師就因為健康問題而結束此課程。

此時，適逢「天籟吟社」張國裕社長和我們見面，張社長說天籟的先賢姚敏瑄是我的姑媽，也是歐陽開代先生的姨媽，他希望藉著這個因緣和我們見面，主要是他想要重建「天籟吟社」。更重要的是我們這些同學，學唐詩學得正有趣，且都沒有參加任何詩社，我們也就在這樣的機緣下被邀請加入「天籟吟社」。

二　天籟吟社的背景

「天籟吟社」的「前身」是林述三夫子創立的「礪心齋」，原為傳授漢學的私塾，後來集合礪心齋弟子創立「天籟吟社」。「天籟吟社」

原先是同門師友結合的詩社，和一般常見集合各方詩友的菁英式詩社大異其趣。天籟吟社因為教學而有師承的內涵和中心思想，在此種教學環境中培養出許許多多優秀的詩人，使其在臺灣的詩壇頗受好評。

三　三千教育中心

「天籟吟社」的宗旨是以傳授古典詩詞而雅集的詩社，張國裕社長期許的責任和使命就是要開班授課，所以就用我所經營的「三千貿易股份有限公司」的員工教育訓練的教室「三千教育中心」提供給張國裕老師使用。從此「三千教育中心」成為「天籟吟社」所有的課程、例會、專題演講的場地。「三千教育中心」設備良好、交通方便，是上課絕佳的環境。

張老師為了「天籟吟社」的講課，放下自己的事業，認真的教學，孜孜不倦的教導新生代，他教學的風範很值得欽佩，他對詩社的理想實在偉大。這期間張老師持續發揚「天籟吟社」，立案並將組織建立，使社務順利推展至今。

四　老莊哲學的開課

我覺得如果只教「唐詩」，久了會覺得枯燥而漸漸失去興趣，所以邀請王邦雄教授前來講授《老子》、《莊子》和《韓非子》，前後超過十年。王邦雄教授在臺灣講「老莊哲學」很受歡迎，佔有一席之地，他在「三千教育中心」講完《韓非子》後劃下句點。由於王老師「老莊哲學」的滋潤，使社友的詩作更加精彩。

五　學院派的授課

　　王邦雄教授在「三千教育中心」開始講課後，我想學院派的教授與私塾的老師是有很明顯的不同。自從我進入古典詩的領域，所有教我的都是私塾的老師，他們所學的及所教的和學院派的老師是有很大的不同。學院派的老師更專業，對文學的涉獵比較有系統，也比較廣泛，為了讓社友能有其他的資源，所以我就開始邀請學院派的老師前來「天籟吟社」授課。

（一）文幸福教授

　　第一位是文幸福教授，他從香港來臺灣就讀，臺灣師範大學國文所博士，文學素養很好，開始講《詩經》、《李白詩選》、《唐宋詞選》。《唐宋詞選》講完後，就轉到大陸教學了。他涉獵很廣，很是難得。任課期間他要求同學們不停的寫詩和填詞，他一直幫大家修改詩和詞，無形中每位同學詩詞創作能力都有明顯的進步，真的很感恩。

（二）陳文華教授

　　文幸福教授推薦陳文華教授前來任教，學術界推崇陳文華教授是「杜詩」的權威。我坦白的告訴陳文華教授「天籟吟社」社友幾乎都是社會人士，不是學校念中文系的學生，但都是很認真的學生，請他講慢一點，講詳細一點，讓同學們容易吸收，陳文華教授應我的要求，不但速度比較慢，同時補充很多相關的資料，他的講課深受同學的喜愛。杜甫的詩句配合他的生平紀事來闡述更是精彩。尤其他認為一般老師不教「古體詩」，他卻為我們這群社友很用心的講一系列的「杜甫古體詩」，最後社友們竟然能寫出他上課的逐字稿《杜甫古體詩選講》，經其校正後出書，此書應可嘉惠臺灣古體詩愛好者。後來

陳文華教授因病需要治療，他介紹顏崑陽教授前來教學。

（三）顏崑陽教授

顏教授講課是將詩歸類，詠物詩、史詩、別離詩等等，很有系統的介紹。同時特別教導我們寫作每一類詩應該注意的事項，他講課內容豐富，將有關的詩都放在一起講，讓同學們可以更加深入古典詩，寫作就更駕輕就熟。這三位學院派的教授讓「天籟吟社」社友對詩詞的寫作的改善或興趣的增加都有相當助益。

六　古典詩詞講座

「天籟吟社」除了寒暑假外，每個月都為社友舉辦一次「古典詩詞講座」，一年就有舉辦十次「古典詩詞講座」，現在已經有九十九次，即將滿十年了。每次邀請各大專院校的老師與詩壇名家前來演講，每位演講者都以他最精華的題材演講，所以每次演講都是座無虛席，對增進「天籟吟社」社員的詩詞素養應該很有幫助。

七　天籟詩獎

「天籟吟社」每年也舉辦一次的「天籟詩獎」，楊維仁社長為總召集人，他和他的團隊負責全臺徵詩，有社會組、學生組和天籟組。頒獎典禮邀請評審老師、得獎者外，同時邀請多所大專院校詩社吟詩班前來吟詩共襄盛舉。因為獎金比較高，參加的人比較踴躍，希望這樣可以增進社會大眾和學生們對古典詩的愛好。臺灣處處飄詩韻，社會更祥和。

八 古典詩詞寫作及吟唱班

「天籟吟社」由楊維仁社長及余美瑛詞長開設「古典詩詞寫作及吟唱班」，寫作與吟唱隔週教學，成果良好，學員大都是社會人士，也有不少學員經此課程，既能寫作又能吟唱古典詩詞，也就申請加入「天籟吟社」，為詩社注入新血。

九 青年朋友的加入

二〇一九至二〇二一「天籟吟社」社長楊維仁和年輕的詩友關係良好，有些青年朋友陸續加入「天籟吟社」，讓「天籟吟社」充滿朝氣，更重要是後繼有人。另外，我也提供「中華扶輪教育基金會」獎學金給中文系博士生，前後共有十位博士生獲獎，其中有三位他們也加入「天籟吟社」，對於天籟是個善性的傳承。

十 期許

近十年來，「天籟吟社」都有聘請學院派教授教學，舉辦「古典詩詞講座」、「天籟詩獎」、「古典詩詞寫作及吟唱」……等等。對提升「天籟吟社」社友們的詩作，社員的年輕化，希望對於臺灣詩壇的發展將有所幫助。

天籟吟社一百週年考辨

何維剛

國立臺灣師範大學國文學系助理教授、臺北市天籟吟社社員

　　關於天籟吟社的成立時間，潘玉蘭《天籟吟社研究》已有詳考，其推測天籟吟社成立時間當在大正十一年（1922），當為的論。[1]唯潘氏於辨析天籟吟社創社時間考辨上，囿於當時文獻證據的限制，許多問題未得盡意。兼以其對創社時間的推斷，多源自《臺灣日日新報》報導等「文」之外緣證據，實則天籟社友內部吟唱、刊登的詩作，亦有不少慶賀創社週年紀念之作，頗可視為詩社研究中「詩」的內部線索，得補白既有研究中文獻證據之不足。天籟吟社創立百年，誠為臺灣詩壇佳話，但若創社時間辨析不清，致使創社「百」年紀念成為「白」年紀念，豈不貽笑千秋？因而特撰此文，為天籟吟社創立於大正十一年（1922）的說法補充相關證據，以此與詩壇、學界前輩商榷，幸其可否。

1　潘玉蘭，《天籟吟社研究》（臺北市：萬卷樓圖書公司，2010年），頁60-64。

一　天籟吟社成立於大正十年（1921）、大正九年（1920）二說辨疑

　　天籟吟社的成立時間舊有三說。一說為成立於大正十一年（1922）；一說成立於大正十年（1921）三月；一說成立於大正九年（1920）。關於成立於大正十一年（1922）將於下一節加以申論，此處僅就大正十年（1921）與大正九年（1920）二說加以辨析。

（一）天籟吟社成立於大正十年（1921）商榷

　　潘玉蘭《天籟吟社研究》指出天籟吟社成立於大正十年（1921）的說法，主要出自陳鐓厚《天籟吟社集》與陳驚癡〈天籟吟社與林述三〉。陳鐓厚《天籟吟社集・緒言》指出：「我天籟吟社民國十年三月創立。」[2]陳驚癡〈天籟吟社與林述三〉則指出：

> 天籟吟社於民國十年三月（日大正十年）在先生指導之下，由礪心齋同學會同人創立，並推先生為社長，同學會同人有詩趣者盡量充為社員。……民國十一年三月（日大正十一年）創立一週年紀念，柬邀全省吟社友，在太平町三丁目「春風得意樓」酒樓，舉行全省第一次國詩詩人大會，出席者百七十餘人，極一時之盛。[3]

　　陳鐓厚，字硬璜，號毓癡、逸民、禮堂。其曾以〈友人來訪感賦〉發表於《詩報》二二六號，但更多是以毓癡作為其發表筆名。[4]

2　陳驚癡，〈天籟吟社與林述三〉，《臺北文物》，第2卷3期（1953年11月），頁74。
3　同上注。
4　關於陳鐓厚晚年境遇，可參看邱輝塘，〈談《全臺詩》之大醇小疵〉，《臺灣學研究》，第3期（2007年6月），頁85。

相對於此，陳驚癡一名於史冊文獻上僅見於《臺北文物》此一刊物，
三四十年代重要的報紙刊物如《臺灣日日新報》、《詩報》等，未曾見
於有此一作者投稿。[5]二說看似出自二手，實則陳鐵厚、陳驚癡可能
為同一人。其證有二。其一、陳鐵厚《天籟吟社集》與陳驚癡〈天籟
吟社與林述三〉，對於林述三生平介紹的行文幾乎完全一致，可參照
對比如下表一。

表一

《天籟吟社集》	〈天籟吟社與林述三〉
卜居臺北廳大加納堡大稻埕中街（現臺北市迪化街一段一五四號）設立國文研究塾（後改稱為礪心齋書房）。吾師自少聰敏，攻苦寒窗。十八歲時能幫父訓童蒙。二十六歲時父歿，繼父志。專心致力，不服異族。長執教鞭，闡明國學。間受日人制壓數次之多，難以枚舉。至民國二十四年（即日昭和十年），日人以藉漸進皇民化為題，強制被廢除國學（惟國詩學不廢）。吾師力挽狂瀾，不屈不撓，潛伏期間，口受心傳。且利用既設立天籟吟社（民國十年三月即日大正十年三月設立），培養愛國詩人，貢獻學界，宣揚國粹，	卜居臺北廳大加蚋堡中街（現臺北市迪化街一段一百五十四號），設立國文研究塾（後改稱為礪心齋書房），自少攻苦寒窗，十八歲時能幫父訓童蒙，二十六歲時，父文德公歿，繼父志，長執教鞭，闡明國學。至民國二十四年（日昭和十年），日人藉漸進皇民化為題，強制廢除國學，先生不屈不撓口受心傳，利用既設天籟吟社，宣揚國粹，鼓勵民族精神，一世清貧惟學是務，至今歷四十八年受其薰陶，不可勝數。

5 筆者案，該文於《臺北文物》第2卷3期目錄、正文，作者皆繫於陳驚癡。就今日電子資料庫檢索繫名來看，臺北市立文獻館等皆遵從《臺北文物》將此文繫於「陳驚癡」，唯臺灣文獻期刊論文索引網站將此文繫於「陳鐵厚」。後者繫名與本文推斷相同，但未詳臺灣文獻期刊論文索引將作者繫名從陳驚癡逕改陳鐵厚，是否另有專文考證？筆者因搜查未果，謹附錄於註腳供讀者參酌。

《天籟吟社集》	〈天籟吟社與林述三〉
鼓勵民族之精神，扶輪大雅，景慕祖國之懷抱。潛心殫力，未嘗懈怠。人格高潔，絕無外求。一世清貧，惟學是務。至今歷四十七年受其薰陶，出其門下者不可勝數。	

　　由此可見，〈天籟吟社與林述三〉文中部分是由《天籟吟社集》濃縮改寫而成，尤其《天籟吟社集》稱「至今歷四十七年受其薰陶」，至〈天籟吟社與林述三〉則稱「至今歷四十八年受其薰陶」，就出版年而言，二文出版可能相差兩年，但如僅就此處文獻內證來看，二文的寫作實則可能只差距一年。[6]其二、〈天籟吟社與林述三〉一文中論及天籟社友，多以「同學」稱之，如「是年三月同學蔡奇泉」、「同學吳紉秋為編輯兼發行人」，此意味作者亦為礪心齋門下。由此來看，〈天籟吟社與林述三〉作者陳驚癡亦當為林述三弟子，推測當為陳鐓厚無疑。如若陳鐓厚、陳驚癡同為一人，則可知天籟吟社成立於民國十年（大正十年1921）之說，實為陳氏一家之言的孤證，且並無明確的文獻證據可供參酌。

　　至於陳鐓厚所言「在太平町三丁目『春風得意樓』酒樓，舉行全省第一次國詩詩人大會」，就其描述應當盛會非凡，但就今日所存文獻來看，竟無存留此次詩會的任何記載與詩歌聯句。春風得意樓為當時名流聚會之所，瀛社亦時常於此聚會，如尾崎秀真〈辛酉二月二十

6　就出版時間而言，《天籟吟社集》並未明繫出版年，雖然陳鐓厚序言為一九五一年八月所作，但內文對林述三生平介紹，卻引及一九五一年八月尊師節，可知該書當晚於一九五一年八月以後才成書。而〈天籟吟社與林述三〉刊載《臺北文物》一九五三年十一月，但就內容引文來看，該文曾引一九五二年十一月廿八日的《新生報》，可知該文當撰於一九五二年十一月到一九五三年十一月間。

日開瀛社總會於春風得意樓席上示顏國年詞兄〉[7]、赤石定藏〈瀛社同人設筵春風得意樓余不得會賦一絕似諸兄〉[8]，皆對春風得意樓的聚會有詩記載。而陳鐓厚所言「民國十一年三月（日大正十一年）創立一週年紀念」，既有百七十人相繼赴會，竟無半分唱和詩詞作品流傳至今可作內證，不免令人質疑其說之真實性。陳鐓厚生於一九〇七年十二月二十七日，於大正十年（1921）時年僅十三歲，懷疑其應無法參加天籟吟社的創立週年大會，其資訊來源頗有可能是社內耆老相傳，致使可能有資訊混淆之虞。在下一節的論述中，《臺灣日日新報》曾報導：「臺北天籟吟社一週年紀念大會。如所豫報。去天長節祝日。開于東薈芳旗亭。」而參與者「凡二百餘名。」在人數上較為接近。陳鐓厚所言是否「春風得意樓」與「東薈芳旗亭」相互混淆？如今恐難以追查。

（二）天籟吟社成立於大正九年（1920）辨析

天籟吟社成立於大正九年（1920）的說法，最早見於一九七八年林錫牙故社長，於慶祝天籟吟社成立五十八年週年紀念大會的對外申明。而林錫牙於《文訊》發表之〈現階段臺灣傳統詩社概況〉，亦強調天籟吟社成立於民國九年（大正九年1920）。[9]此外，根據潘玉蘭《天籟吟社研究》中對於張國裕之訪談，告知天籟吟社本為一九二〇年三月創立，而非如賴子清等人認為創立於一九二一年。[10]張國裕認

7　尾崎秀真，〈辛酉二月二十日開瀛社總會於春風得意樓席上示顏國年詞兄〉，《臺灣日日新報》，1921年（大正10年）2月22日，第3版。

8　赤石定藏，〈瀛社同人設筵春風得意樓余不得會賦一絕似諸兄〉，《臺灣日日新報》，1921（大正10年）年6月16日，第3版。

9　林錫牙，〈現階段臺灣傳統詩社概況〉，《文訊》18期（1985年6月），頁32-42。

10　案，賴子清的說法，見於賴子清，〈古今臺灣詩文社（一）〉，《臺灣文獻》10卷3期（1959年9月）。但若細讀賴子清文筆，如其稱「（民國）十一年三月，創立週年紀

為所以長期以來皆未更正創始時間，原因在於「光復以後，白色恐怖籠罩，述三先生為避免災禍，將錯就錯而未更改，直至一九七八年為紀念天籟吟社創社五十八週年才更正。」[11]潘玉蘭並對此次訪談下了按語：

> 張社長的說明乃承自林錫麟夫子的告知，並認為天籟吟社一九二一年創立之說始於賴子清的文章，其文有誤，應予更正。至於《臺灣日日新報》所刊載的天籟吟社的創社時間，張社長則認為在時代背景的影響下，報導或許與事實有出入。[12]

從此一角度來看，關於天籟吟社的創社時間說法，實有兩種源流與證據判別。一種為客觀性的報章報導，以《臺灣日日新報》最具代表性。一種則為天籟吟社內部的傳承，如陳鐓厚受教於林述三、張國裕承襲於林錫麟。就前者而言，報章的報導雖然相對客觀，但因時代背景長遠、兼以並非天籟吟社內部傳承說法，其說並不易為社員採信。就後者而言，夫子與學生、社長與社員之間的口傳告述，雖然在社團內部具有相當的權威性，卻又缺乏明確的文獻證明。

有趣的是，刊物《詩文之友》十七卷五期（1963年2月1日），曾刊載天籟吟社社慶的年份混淆。該期曾載有黃文虎五言排律〈祝天籟吟社肆拾貳週年紀念〉一首：

> 卅年回首處，千叟礪心齋。海島風騷起，金蘭意象諧。春鶯鳴

念，在春風得意樓，舉行全臺聯吟會，至者百七十人。」不難發現其對於天籟吟社創社的紀錄，文獻資料可能多根據於陳鐓厚之記載。

11 潘玉蘭，《天籟吟社研究》，頁62。

12 潘玉蘭，《天籟吟社研究》，頁62。

欲歌，老鶴警偏佳。逸響輝壇坫，豪吟動漢淮。誰知林放志，
別具展禽懷。絳帳恩如昨，黃衫惜少偕。地靈橫地軸，天籟滿
天涯。仰止唐山客，神存晉陸嵆。早傳詩律細，時斥禮儀乖。
覺路開文苑，安梯續斷崖。公門桃李盛，上國銶衣階。辛酉從
頭數，壬寅鬥角揩。萬叢紅幾點，群雅碧連排。緬想師承記，
寧忘友諒儕。錦牋飛澡鏡，醇酒異茅柴。附驥相欣幸，登龍莫
笑俳。

黃文虎此詩後緊接收錄顏懋昌〈同題〉：

> 小陽春氣透梅梢，捲籟軒中會故交。
> 詩雜仙心經卅載，日舒佛手拯同胞。
> 天香尚見飄雲外，國境能銷戰火包。
> 此後群賢觴詠好，無妨起鳳與騰蛟。

此二首詩之間有些許蛛絲馬跡需要加以追尋摸索。其一、於《詩
文之友》中收錄顏懋昌〈同題〉，意味顏懋昌此詩本亦當題作〈祝天
籟吟社肆拾貳週年紀念〉，出版社為求精簡，因此更改了顏懋昌的題
目改作〈同題〉。實則二人題目相同，很有可能寫作是出於同一個機
緣場合，但是對於詩體與用韻並無限制，因而才有五排與七律之別。
其二、此一機緣場合為何？可能是顏懋昌〈同題〉：「小陽春氣透梅
梢，捲籟軒中會故交。」是黃笑園的一次私人聚會，時間則在秋季十
月，「小陽春氣」指涉的當是「十月小陽春」。黃笑園先生號捲籟軒，
為天籟三笑之一，此次聚會未詳是天籟社內的集會還是私人集會，但
很有可能是由黃笑園所主導。二詩作於十月，與下文天籟吟社正式創
立於一九二二年十月二十二日十分貼近，而二詩於十月創作而刊登於

隔年二月之《詩文之友》，在出版時間上也較為貼切。其三、黃文虎〈祝天籟吟社肆拾貳週年紀念〉：「辛酉從頭數，壬寅鬥角揩」。辛酉指的是一九二一年大正十年（民國十年），壬寅指的則是黃文虎創作這首詩的時間一九六二年。

　　問題在於，《詩文之友》於同期載錄了「天籟吟社四十週年紀念」專欄，詩題「天籟吟社四十週年紀念」，限七律、一先韻，收錄左右詞宗吳夢周、吳紉秋所選擊缽作品。此外，於黃文虎、顏懋昌四十二週年慶詩後，後續所錄幾首詩卻是李嘯庵〈天籟吟社四十週年社慶敬頌長句〉：

　　　　逋仙領導鷺鷗緣，卅載題襟句可傳。
　　　　手拔騷才皆出眾，心持風教入中堅。
　　　　神州已墮斯文劫，海嶠猶存大雅篇。
　　　　我願諸君推一步，缽聲鼓起好青年。

李世昌〈天籟吟社四十週年社慶以詞讚之〉：

　　　　群英慶念啟詩筵，琢句如珠落錦箋。
　　　　標起才名湖海外，追揚騷雅漢唐前。
　　　　藏山肯讓千秋志，結社相磋四十年。
　　　　羨煞清新天籟調，譜來香草和琴弦。

陳友梅〈天籟吟社四十週年撰詞致頌〉：

　　　　四紀星霜欠八年，欣開慶讌集群賢。
　　　　競飛彩筆題新句，且把金尊續舊緣。

滿座英才推白也，當時盟主憶逋仙。

一詩來祝諸君健，鼓勵騷風海外天。

　　從三首詩開篇同題作「天籟吟社四十週年」，且三詩皆叶一先韻，或可說明李嘯庵、李世昌、陳友梅之寫作與用韻，都是遵照當時天籟吟社的徵詩啟事所作，甚至有可能是落選之作改為投稿。換言之，早在一九六二年[13]，天籟吟社正式的對外徵詩宣稱是四十週年，意味創立於一九二二年。但在黃笑園的捲籟齋聚會中，卻產生週年紀念的誤算。如以〈祝天籟吟社四十貳週年紀念〉中「四十貳週年」無誤來看，一九六二年為創社四十二週年，意味創社時間當在一九二〇年（大正九年）。但就詩歌內容「辛酉從頭數，壬寅鬥角揩」來看，卻又將繫年繫於辛酉年一九二一（大正十年），因而詩題與內容已然產生矛盾。

　　綜上所述，天籟吟社創立於大正九年（1920）或大正十年（1921）二說，大多為詩社內部傳承的說法，卻無明確的文獻證據可堪佐證。因而此二說法可能在社內具有權威性，卻恐不易持此說服外人。天籟吟社的初期成員主要由礪心齋師友弟子構成，固然未能排除於一九二二年以前，礪心齋師友間已有相互吟唱創作的活動，或可視為天籟吟社構成的「前身」。但是具有明確外緣證據可一錘定音天籟吟社成立時間者，仍有待於大正十一年（1922）以後的媒體報導與詩作唱和。

二　天籟吟社成立大正十一年（1922）說考辨

　　相對於天籟吟社成立於大正九年（1920）、大正十年（1921）二

13　筆者案，四十週年擊缽徵詩與黃文虎、顏懋昌詩作皆作於1962年，而刊載於隔年1963年。

說皆無明確證據可供證實，大正十一年（1922）於報章等媒體，開始出現大量天籟吟社創立的相關佐證。頗可證實天籟吟社的「正式」成立，當繫於大正十一年（1922）十月二十二日。

（一）報章所見證據

「天籟吟社」一名首次出現於報章媒體，可能是《臺灣日日新報》一九二二年十月二十一日六版〈新組織吟社將出現〉：

> 稻艋有志詩學青年。此番新組織一吟社。顏曰天籟吟社。係許劍亭等諸氏出為鼓舞。其加入會員。係青年居多。中亦有瀛社星社一份子之加入為之獎勵琢磨。互相鑽研詩學。為將來加入大吟社之基礎。經訂來二十二日（日曜日）午後七時。會員一同齊集于普願街建興漆店假林述三氏之勵心齋。開創立總會。

相隔兩天，《臺灣日日新報》一九二二年十月二十三日六版〈天籟吟社開會會況〉：

> 本社員許劍亭氏所鼓舞之天籟吟社。經如所報。於去二十二夜七時。假林述三氏之勵心齋。開創立總會。定刻已到。社員三十名中。蹌躋出席者。凡二十餘名。會之順序。先由許劍亭氏。敘開會辭。……再由許劍亭氏。報告會則。改正二三。乃移入役員選舉。開票後。林述三氏。占最多數。推為社長。……終由來賓高肇藩氏起述祝辭。並口占五律一首。

從此則報導來看，可知天籟吟社對外正式的創立時間，當繫於大正十一年（1922）十月二十三日晚間七時。據報導可知參與此次天籟

創社者有：許劍亭、林述三、林夢梅、薛玉龍、莊于喬、李鐵珊、洪玉明、楊文諒、卓周鈕、葉蘊藍、高肇藩諸人。猶可注意者，此次創社會議因時間倉促，未得擊缽。〈天籟吟社開會會況〉：

> 該社是夜因時間切迫。弗能開擊缽。爰由社長林述三氏。出一課題。課題為祝天長節。限七陽韻。囑各社員。于來二十八日交卷。且擬于來天長令節日。一同攝影紀念。

因應於此，《臺灣日日新報》一九二二年十月三十一日載有楊文諒〈恭祝天長節〉：「壽比南山更久長。言明此日獻瓊漿。昇平四海歡無極。鼓□□歌菊正黃。」笑花（即許劍亭）〈恭祝天長節〉：「海屋籌添近艷陽。蠻花□草四時芳。寰球□載帡□下。盡向南山視壽觴。」其詩很可能即為因應林述三課題所作。此次天長節詩課，雖未被列入正式的擊缽與全島徵詩之中，但其作為天籟吟社成立後的第一次詩課，實具有非凡意義。

相隔半年，《臺灣日日新報》一九二三年三月二十八日〈天籟吟社近況〉：

> 稻艋諸有志青年所組織之天籟吟社。自客年成立以來。各社員輪流值東。假稻之建興及艋之夢覺書齋。月開擊缽吟二次。每期出席者。約有三十餘名。勾心鬥角。孳孳不倦。于此漢學式微之日。洵可喜之現象也。聞來第十二期擊缽吟。值東為寶氏雪貞薛玉龍兩氏。亦經訂來八夜會場假建興漆店。

此則材料是時隔半年後天籟吟社再次登上媒體的報導。文中強調「客年」，說明撰文者認為天籟吟社當以一九二二年為創始年。稍晚

二個月，《臺灣日日新報》一九二三年五月十日〈天籟吟社徵詩〉進行第一次全島徵詩活動：

　　天籟吟社第一期徵詩如左
　　一、題目　天籟
　　一、詩體　七律限庚韻
　　一、期間　至六月十日止
　　一、詞宗　謝雪漁氏
　　一、贈品　十名內均奉薄贈由林述三氏呈
　　一、交卷　臺北市永樂町五之二六七建興漆店內天籟吟社事務
　　　　　　　所

　　此次徵詩意義十分重大。蓋詩社之運作，並非僅是社團內部彼此之間的切磋琢磨，透過全島徵詩，對內部社員而言，是礪心齋門下首次以「天籟」之名作東於臺灣詩壇，是一種身份認同價值的轉換，從私塾關係進而成為詩社組織。對外部詩壇而言，此次全島徵詩發出天籟吟社「正式」創立的訊息，得以參與其他詩社、詩人的運作與互動，奠基天籟吟社於臺灣詩壇之地位。林述三對首次徵詩尤為重視。隔日《臺灣日日新報》一九二三年五月十一日〈天籟徵詩續報〉：

　　天籟吟社第一期徵詩。經如昨報。聞該社長林述三氏。以者番徵
　　詩。係最初者。故特向某金物店。注文金牌三面。鑴天籟吟社四
　　字。以充三名內贈品。希望島內詩人。不吝珠玉。續續惠稿云。

　　林述三資助金牌三面，隆重其事，可知「第一期」徵詩不論是對於臺灣詩壇、天籟吟社或是社長林述三都是意義重大。

　　天籟吟社創社一週年，是天籟吟社首次紀念活動。《臺灣日日新報》一九二三年九月二十日〈天籟臨時總會〉：「磋商該社創立一週年紀念一切。聞若時間有餘裕之時。尚欲開擊缽吟。」天籟吟社一週年紀念大會，則訂於一九二三年十月三十一日。《臺灣日日新報》一九二三年十月二十六日〈寄附元丹於吟會〉已預報：「天籟吟社。來三十一日將開一週年紀念大會。臺北乾元藥行。欲對是日出席者。各人贈與元丹。」是日大會亦見於《臺灣日日新報》一九二三年十一月二日〈天籟一週年大會〉報導：

> 臺北天籟吟社一週年紀念大會。如所豫報。去天長節祝日。開于東薈芳旗亭。正午北自基隆。南至屏東各社詩人。續續來會。先由該社接待員。招待人假事務所西園商行。饗以便餐。迨午後二時。參會者。合該社員。凡二百餘名。而內地人來賓則有尾崎、柳田二氏。

　　此後，《臺灣日日新報》於一九二四年十月二十八日〈天籟二週年紀念〉訂於十月三十一日。《臺灣日日新報》一九二六年十二月二十三日載天籟吟社四週年紀念擊缽詩錄。《臺灣日日新報》一九二七年十月二十九日〈天籟吟社將開五周年紀念會〉：

> 天籟吟社。以來三十日。值該社創立五週年紀念日擬于是日午後一時。開紀念大會於江山樓旗亭。業已發柬招待各地詩人出席。屆期必有一番盛會也。

　　由此可見，自創社一九二二年十月二十二日始，前五次週年紀念大多辦於十月三十日前後。並由《臺灣日日新報》的報導來看，皆以一九二二年為創社之始。

（二）詩人唱和所見證據

除了《臺灣日日新報》的報導外，詩人間的唱和也是考證天籟吟社創社時間的重要史料。《臺灣日日新報》一九二二年十月二十三日六版〈天籟吟社開會會況〉中，記載「終由來賓高肇藩氏起述祝辭。並口占五律一首」，其五律為：

濟濟多英俊，欣逢白社成。
文章共切磋，道義益昌明。
期作千秋葉，休爭一日名。
西風窗外過，天籟助吟聲。

高肇藩雖於創社之初並未立即加入天籟吟社，實則根據潘玉蘭《天籟吟社研究》考證，於大正年間高肇藩亦加入天籟社員。[14]高氏此詩後來天籟諸人多有唱和。如《臺灣日日新報》一九二二年十月三十日載林述三〈敬和高肇藩君見社天籟吟社成立瑤韻〉：

濟濟歡多士。英華集大成。
騷壇樹旗鼓。聖代事文明。
只覺人如玉。遑求世有名。
即今天籟發。一樣報詩聲。

同日亦載許劍亭〈敬和高肇藩君見社天籟吟社成立瑤韻〉：

金風蕭瑟裡。天籟自然成。

---

14 潘玉蘭，《天籟吟社研究》，頁87。

刻妙分光燄。催詩趁月明。

文章經世業。李杜舊時名。

共挽狂瀾倒。來敲木鐸聲。

《臺灣日日新報》一九二二年十一月二十五日則載莊俊木〈敬和高肇藩君見社天籟吟社成立瑤韻〉：

吾道聊吟詠。推敲冀有成。

論詩才本拙。啟卷事通明。

但補生前課。非關世上名。

初心如不改。天籟振新聲。

高肇藩作為非天籟吟社的賓客，天籟社友與高氏的唱和，說明無論社內或社外，都將一九二二年十月天籟吟社「成立」視為共識。林述三、許劍亭皆為天籟吟社重要人物，次韻高肇藩的口占五律，既是對一九二二年十月二十二日的創社紀念，亦是象徵由社內呼應社外人士，認同一九二二年「金風蕭瑟裡」的秋日乃是天籟吟社的創立時間。

天籟吟社於一九二二年十月二十二日成立之後，騷壇文士恭賀之作不斷。《臺灣日日新報》一九二二年十月二十五日載有林長耀〈祝天籟吟社成立〉：

年來學術漸昌明。劇喜吟壇又告成。

人籟當如天籟落。詩情漫作世情鳴。

高風不少扶輪手。佳詠偏多戛玉聲。

翰墨因緣斯際盛。會看拔幟共登瀛。

隔日一九二二年十月二十六日則載有林江清〈祝天籟吟社成立〉：

　　金風颯颯拂衣輕。萬籟共和天籟鳴。
　　不嘆秦儒坑火劫。寧欣漢士冠簪纓。
　　騷壇拔幟前賢鑑。琢句運斤後起成。
　　愧我駑駘陪末席。心香一瓣表葵傾。

　　二人賀詩題目相同，用韻也同為八庚韻，未詳是否為組織徵詩的
作品。林長耀屬於龍山寺附近的高山文社。然而二人既有賀詩，說明
透過《臺灣日日新報》的宣傳，一九二二年十月天籟吟社的成立，方
能迅速傳播於騷壇之間。

　　詩人唱和與天籟吟社的創社繫年，最相關的作品皆見於一九二三
年天籟吟社創立一週年時期。前文已見天籟吟社一週年繫於一九二三
年十月三十一日定於東薈芳旗亭。實則在週年紀念大會前，已見有慶
賀之作。《臺灣日日新報》一九二三年十月二十四日曾吉甫〈祝天籟
吟社一週年記念〉：

　　久結三生翰墨緣。吟隨天籟發週年。
　　龍門聲價千秋重。牛耳司盟一世傳。
　　我鑄黃金師島佛。誰纏彩線繡詩仙。
　　善鳴不使鳴家國。辜負謳歌韻管絃。

　　此詩作於紀念大會之前，推測應是作者自發而作，為天籟吟社的
週年紀念開了頭彩。週年紀念的詩歌創作中，最著名的作品當屬《臺
灣日日新報》一九二三年十一月二十三日載林述三〈內田總督閣下聞
敝天籟吟社一週年紀念大會特惠金五十圓感激之至敬賦誌德〉三首：

東門已感啟賓筵，又喜兼金下賜傳。
勸學用能敷帝德，愛才自煞結文緣。
廉分一勺泉皆潤，光被三臺我獨先。
仰此定膺全島念，奉揚風雅答公賢。

紆尊降貴契斯文，助我青年獲美聞。
小草向陽宜奉日，柔苗被澤重卿雲。
於今士子知同勉，從此螢窗執不勤。
拭目後來相繼起，為公薰育一群群。

此金長願蓄千秋，藉惠餘甘共唱酬。
壯我詩壇顏色好，念公膏雨口碑留。
一吟一詠真叨德，權母權兒總莫休。
他日能將河海大，汪洋萬斛注文流。

　　林述三此組組詩意義非凡。總督內田嘉吉惠賜金五十圓，對於詩社運作經濟上的幫助固然有限，但內田以總督之名出資，意味天籟吟社的成立已經進入日本殖民統治者的視域，不僅反映日本總督對古典吟社的成立相當重視，林述三亦對總督賜金小心應對，從「奉揚風雅答公賢」、「為公薰育一群群」、「念公膏雨口碑留」等句，頗可見林述三囿於政治現實與上下地位，不得不作此語。此組組詩象徵著天籟吟社首次且「正式」進入「政治」領域之內，是官方認證的週年紀念，對於天籟吟社的創社時間辨析具有關鍵地位。
　　天籟吟社於一週年紀念的活動中，尚有許多值得注目的詩篇。如《臺灣日日新報》一九二三年十一月四日〈天籟吟社創立一週年擊缽錄首唱〉題目「羯鼓」，以連橫取得左一右十二之成績。其詩如下：

　　萬花齊放鼓淵淵。博得三郎欲作天。

　　他日漁陽聲更急。唐宮□戲有餘□。

　　連橫為臺灣近代著名文人，其參與天籟吟社擊缽週年首唱奪得左元，頗可於天籟詩史記上一筆。此次一週年擊缽作品，皆刊錄於當日《臺灣日日新報》。此外，因為一週年紀念意義重大，頗有許多並非天籟社友的慶賀之作，頗可以「社外之眼」看待週年慶賀。如新竹林篁堂〈祝天籟吟社一週年大會〉：

　　週年天籟慶昇平。裙屐翩翩盡俊英。

　　莫笑迂才追驥尾。還參雅會締鷗盟。

　　一枝彩筆花頻發。三峽詞源水倒傾。

　　劫後文章聲價重。車書未讀愧書生。[15]

高雄鄭坤五〈赴天籟吟社盛會歸途經海岸線雜詠車中喜遇〉：

　　昨宵筵上聽琵琶。今日歸來道路賒。

　　天亦有情憐寂寞。車窗分置兩枝花。[16]

　　此二人皆非屬臺北騷壇，但因報紙發行之故，對於北部吟壇盛事仍可知悉。從二人詩作與題目來看，前者「還參雅會」，後者則是自道「赴天籟吟社盛會歸途」，當可推測二人在交通不便的時日，卻仍遠赴臺北參與天籟吟社創立週年紀念大會，誠見情義。天籟吟社創社時間的確立，亦有助於《全臺詩》中許多詩作的繫年。當時詩社成

15　《臺灣教育》第258號，（1923年〔大正12年〕12月1日），頁6。

16　《臺南新報》1923年11月14日。

立，詩友多存往來唱和之作。除了上述徵引之唱和詩外，尚有鄭家珍〈天籟吟社週年大會紀盛〉：

> 霓裳記詠大羅天，彈指星霜又一年。
> 有興重揮搖嶽筆，餘情更敞坐花筵。
> 海東詩卷留巢父，亭北歌詞譜謫仙。
> 險韻尖叉旋鬥罷，醉看青素鬥嬋娟。

此詩舊收於《雪蕉山館詩集》，並未發表於報紙與刊物，因此在繫年上不易透過刊行日判斷，如今透過天籟吟社創社時間的確立，應可判定鄭家珍此詩當作於一九二三年，此亦可見天籟吟社的創社，對於臺灣文壇具有不可小覷之影響力。

三　小結

關於天籟吟社的創立時間，舊有大正十一年（1922）、大正十年（1921）、大正九年（1920）三說，馮玉蘭《天籟吟社研究》透過外緣證據，已考定應是成立於大正十一年（1922）。本文於馮氏論斷之基礎上，補充若干詩作證據，並且亦對大正十年、大正九年二說略作辨析。

整體而言，若僅就「繫年」此一問題來看，筆者亦傾向將天籟吟社的創立繫於大正十一年（1922）。原因無他，在《臺灣日日新報》與當時文壇的諸多師友唱和，已可證明此點。而舊說大正十年（1921）、大正九年（1920），雖是由社內耆老口傳，卻無明確文獻證據可供參佐證實。但是「百週年考辨」此一議題是否可就此結案，筆者則略帶保留。在繫年辨析無虞之後，剩下的問題在於：為何會產生

繫年的錯誤？以及社內與社外為何會產生繫年不一的問題？是單純因為早期文獻不易取得，因而導致繫年混淆，抑或是尚有今日未能得見之關鍵史料，可證明天籟吟社的成立時間尚可前推？還是傳統民間詩社習慣詩社歷史宜增不宜減，因而不願承認繫年錯誤而沿用至今？

　　蓋一詩社之成立，有其機緣，但詩社的運作維持繫於人，乃是先有人而後有社。天籟吟社的創立與林述三礪心齋弟子群關係密切，就外緣資料如報章、唱和詩而言，一九二二年天籟吟社正式成立，但在此之前，是否已有同類人進行吟唱擊缽活動？而可視為「前天籟吟社時期」，限於文獻資料的匱乏，此一問題恐不易解答。因而對於繫年的問題，將天籟吟社的創立明確繫於一九二二年固然有其必要，但是對於天籟吟社的「創立」，不妨抱持開放態度。此正如同馮玉蘭《天籟吟社研究》中曾採訪張國裕嘗論天籟吟社的創立原因在於：

> 因此述三先生一方面為保護學生，一方面為防日本人查礪心齋書房，禁止書房教育，所以師生私下成立天籟吟社作詩切磋，不對外宣揚。[17]

　　與其汲汲於辨析創立時間的先後與否，林述三為保護學生以及維持礪心齋的傳承之心，恐怕才是天籟吟社將屆百年，真正需要追懷與關心之處。

　　本文初稿發表於《東亞漢學研究》第十號（2020.09），後蒙楊維仁先生、張富鈞先生啟發討論，並增補文末「天籟吟社創社十年重要事件繫年表」，謹此說明。

---

17 潘玉蘭，《天籟吟社研究》，頁62。

天籟吟社創社十年重要事件繫年表				
西元	詳細日期	出處	事件	詳細說明
1922年	大正十一年十月廿一日	臺灣日日新報	新組織吟社將出現	
1922年	大正十一年十月廿四日	臺灣日日新報	天籟吟社開會盛況	「本社員許劍亭氏所鼓舞之天籟吟社。經如所報。於去二十二夜七時。假林述三氏之勵心齋。開創立總會。定刻已到。社員三十名中。蹌躋出席者。凡二十餘名。……開票後。林述三氏。占最多數。推為社長。並選林夢梅、許劍亭、薛玉龍、洪玉明四氏為幹事。葉蘊藍、卓周鈕二氏為會計。」
1923年	大正十二年六月十一日	臺灣日日新報	天籟吟社徵詩榜／天籟 韻八庚 詞宗謝雪漁氏評閱	首次徵詩詩稿
1923年	大正十二年九月二十日	臺灣日日新報	天籟臨時總會	
1923年	大正十二年十月三日	臺灣日日新報	天籟大會續報	
1923年	大正十二年十月廿四日	臺灣日日新報	祝天籟吟社一週年紀念	七律一首，曾吉甫作。
1923年	大正十二年十月廿五日	臺灣日日新報	天籟大會續報	「訂于來天長節日開一週年記念大會」
1923年	大正十二年十月廿六日	臺灣日日新報	寄附元丹於吟會	「來三十一日將開一週年紀念大會」

（續）

天籟吟社創社十年重要事件繫年表				
西元	詳細日期	出處	事件	詳細說明
1923年	大正十二年十一月二日	臺灣日日新報	天籟吟社一週年大會	「臺北天籟吟社一週年紀念大會，如所豫報，去天長節祝日，開于東薈芳旗亭，正午北自基隆南自屏東各社詩人，續續來會，先由該社接待員招待人假事務所西園商行，饗以便餐。迨午後二時，參會者，合該社員，凡二百有餘名。」
1923年	大正十二年十一月三日	臺南新報		「臺北天籟吟社於昨十月三十一日天長節祝日，假東會芳旗亭，開創立一週年紀念大會，招待全島六十餘詩社之詩人。」
1923年	大正十二年十一月四日至七日	臺灣日日新報	天籟吟社創立一週年擊鉢錄首唱　羯鼓韻一先　左右詞宗鄭雪汀林南氏選	
1923年	大正十二年十一月十三日	臺灣日日新報	內田總督閣下開敞天籟吟社一週年紀念大會特惠金五十圓感激之至敬賦誌德	林述三作
1924年	大正十三年十月廿八日	臺灣日日新報	天籟二週年紀念	「擬於來三十一日，即天長節日午後一時，在該社事務所，開二週年紀念兼擊鉢吟。」

（續）

天籟吟社創社十年重要事件繫年表				
西元	詳細日期	出處	事件	詳細說明
1924年	大正十三年十一月二日	臺灣日日新報	天籟二週年會況	「臺北天籟吟社。如所豫報。於去天常佳節日午後二時。假名預設員林清月氏之宏濟醫院。開創立滿二週年記念會。出席社員三十餘名。合北部八社友。計六十餘名。首由社長敘禮。次社員演說。終則投票改選役員。社長林述三氏重任卓夢庵。葉蘊藍。許劍亭。劉夢鷗四氏。占最多票。被推為幹事。」
1924年	大正十三年十一月六日	臺灣日日新報	天籟二週年鑿鉢吟 素心蘭韻每人限一首左右詞宗黃天浦杜冠文選	
1925年	大正十四年十一月四日	臺灣日日新報	翰墨因緣	「天籟吟社。去三十一日。開三週年紀念擊鉢吟會於東薈芳旗亭。社員全部出席。」
1926年	大正十五年十一月三日	臺灣日日新報	翰墨因緣	「天籟吟社。去天長節日午後四時起。於臺灣樓旗亭。開四周年紀念擊鉢吟會。」
1926年	大正十五年十二月十三日	臺灣日日新報	天籟吟社四週年紀念（擊鉢詩錄）	詩題〈黃菊〉等九首七言絕句。
1927年	昭和二年十月廿九日	臺灣日日新報	天籟吟社將開五周年紀念會	「天籟吟社。以來三十日。值該社創立五週年紀念日擬于是

（續）

天籟吟社創社十年重要事件繫年表				
西元	詳細日期	出處	事件	詳細說明
				日午後一時。開紀念大會於江山樓旗亭。」
1927年	昭和二年十一月六日	臺灣日日新報	祝天籟五週年紀念	七律一首，倪炳煌作。
1928年	昭和三年十二月十一日	臺灣日日新報	天籟六週年擊鉢錄	詩題〈垓下歌〉等八首五言律詩。
1929年	昭和四年十月廿四日	臺灣日日新報	翰墨因緣	「天籟吟社去十九日夜。為欲相議創立七週年紀念日行事。乃招集諸社員開臨時會於盧懋清氏宅。……遂決定於來之二十八日。」
1929年	昭和四年十月卅一日	臺灣日日新報	天籟吟社七週年紀念擊鉢吟會	「天籟吟社七週年記念擊鉢吟會。既如所報。於去廿八日午前九時起遂在江山樓旗亭開會。來賓則有。中壢。大溪。基隆。桃園。諸詞客陸續臨場。出席者四十餘人。」
1930年	昭和五年十一月十日	臺灣日日新報	翰墨因緣	「天籟吟社。去二十八日午後二時。開八週年紀念為於礪心齋書房。出席者二十餘人。」
1933年	昭和八年十一月二日	臺灣日日新報	翰墨因緣	「天籟吟社。去二十八日。開十一週年內祝紀念擊鉢吟會。於社長宅。社員三十餘名出席。」

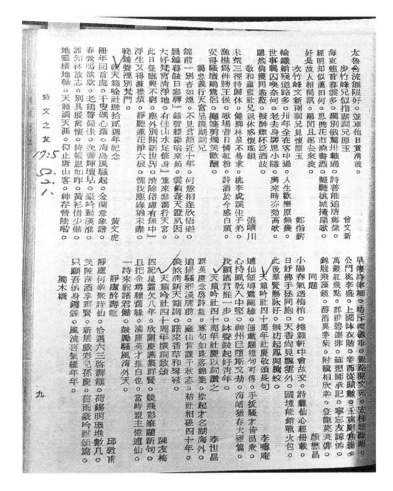

附圖：《詩文之友》十七卷五期（1963 年 2 月 1 日）

天籟先賢詩人剪影

林立智

臺北市天籟吟社社員

一 已故社長

（一）林述三（1887-1956）

　　林纘，字述三，以字行。號怪癡、怪星、唐山客，亦署蓬瀛、蓬瀛一逸、蓬萊一逸夫、苓草。福建同安人，光緒十三年（1887）生。先生幼學於廈門玉屏書院，十三歲返臺。廿六歲繼承父親主持之書院，並易名為「礪心齋」。大正四年（1915）與黃水沛、張純甫、杜仰山、駱香林、歐劍窗、李騰嶽等人於礪心齋合創「研社」，大正六年（1917）研社改組為「星社」；大正十一年（1922）礪心齋門下共組「天籟吟社」，推先生為首任社長；大正十三年（1924）與星社同志共創臺灣首份詩刊《臺灣詩報》，並任執筆；民國四十一年（1952）榮獲臺灣省主席吳國楨頒發「風勵儒林」匾。民國六十六年（1977），《中國詩文之友》推舉廿五年來「詩教有功獎」十二位，此時先生已過世廿年，仍被列為得獎人[1]，足見其詩教影響深遠，廣受詩壇稱頌與緬懷。著有《礪心齋詩集》、《礪心齋詩話》、小說《玉壺冰》傳世。

1　《中國詩文之友》第6卷第3期（1977年8月），頁77。

　　先生性恬靜，好禪坐，工詩，筆力清雅，多有禪趣，下錄其〈嗅
梅詩〉：

　　　　一枝香是下瑤臺，卻入銅瓶次第開。
　　　　清處自通人肺腑，靜時可結佛胞胎。
　　　　玉溫風悟堂中定，魂遠冰分鼻底來。
　　　　觸法欲參禪意味，天心應許問聞哉。

　　　　美人我已把高風，妙處都從淡裡通。
　　　　撲鼻地逢能靜外，會心天感不言中。
　　　　挾冰本愛奇香動，噀麝終嫌俗氣攻。
　　　　為有襟懷餘墨瀋，強人消受悟真空。

　　　　索笑終知氣味投，妙香枝外本清幽。
　　　　天隨神意吟三拱，地著仙風悟一流。
　　　　不許微塵為佛障，可甘分寸應人求。
　　　　玉堂更覺虛靈甚，都在形骸忘處遊。

　　觀先生諸作，有清雅高妙者，也有能通世俗者，其人亦莊亦諧，
吟詠不拘一格，造語多新，亦能寫作現代題材，援古入今渾然無礙，
不見晦澀，試錄其〈電話〉二首：

　　　　不須縮地授壺公，愛汝西洋德律風。
　　　　安得天河牽一線，好教牛女話情衷。

　　　　神機巧妙奪天工，客思閨情好互通。
　　　　兩地一時相對語，可人無異在家中。

又如其〈竹枝詞〉（原作計卅五首，摘錄十九首）：

〈共進會竹枝辭就純甫兄題〉
層層衙閣入雲霄，萃盡多方品物饒。
此日官民同勸業，一日熱鬧起喧囂。

一望迴廊座似雲，酒樓茶位兩平分。
隨人休憩文明甚，香水無錢任爾熏。

流梛機設最高層，十個人堪枰上乘。
少婦也思開眼界，竟同阿母望臺升。

賣煙少婦白衣裳，故作宜人淺淡妝。
博得十錢供買料，教他顧客意揚揚。

度量衡欄欄外分，遊人錯過自紛紛。
美人含笑登洋磅，身子年來減二斤。

絡繹遊人數十家，涼陰夕照正西斜。
風亭坐椅無餘位，茶店人來喚喫茶。

迎賓館裡好迎賓，酌女殷勤最可人。
成禮一矸金露酒，教君半醉好抽身。

栩栩飛船出樹梢，空中盤舞炸彈拋。
看他地上人爭拾，封裡丹丸每一包。

機械館中機械精，可憐瓦特倡文明。
汽螺吹徹嘈人耳，第一教人怕此聲。

萬千電火似星攢，屋上門頭池王欄。
報說黃昏時候到，一齊燦爛耀瞻觀。

六街三市燃金釭，啟盡樓頭硝子窗。
賽過上元天不夜，翻風旗葉各雙雙。

十圓商店大當籤，生意門前幾倍添。
俗子妄思抽特等，拚將十角採新縑。

黑赤蕃人不著衫，唧啾蕃語似呢喃。
成群愛買花紅布，特派蕃山警察監。

佛教門鄰是耶穌，牧師和尚各分途。
任人聽講不同道，善意歡迎坐位鋪。

許多演藝鬥機靈，洋樂叮叮奏不停。
男女摩肩多所怪，火中訝見美人形。

丁丁敲響古銅鑼，惹動群趨竹檻過。
圍內叫看人面馬，二錢摸出老阿婆。

來往圓山自動車，追風逐電滾塵沙。
嫣紅姹紫添春色，碧玉今時鬥麗華。

愛看圓山動物園，園中虎豹各雄蹲。
一聲怒吼威風起，落盡憑欄蓄婦魂。

開臺盛會震東南，韻事燈謎出再三。
閨閣一時思獲賞，京都森永畫中探。

先生聰敏長才，不惟精通國學，又能兼擅小說[2]、謎語[3]，其人亦通音韻，其吟詩曲調傳唱至今，世人譽為「天籟調」。於礪心齋設帳教授漢學，創立「天籟吟社」，平生致力騷壇，及門多俊彥，有〈紅米店[4]〉（用王漁洋秋柳原韻），自述其志：

銷盡東方曼倩魂，高懸入德仲尼門。
源源頗具書香氣，滴滴長留飯粒痕。
乞糴人來楓葉市，勸耕路入杏花村。
一年薪俸憑升斗，朱子而今且莫論。

禿頭宵器愧青霜，腐浸胭脂水一塘。
陳朽半冬餘萬秭，糶新五月滿囊箱。
父兄更比青精飯，童子偏逢赤大王。
輸與街頭人賣黑，神仙來自碧雞坊。

---

2 潘玉蘭《天籟吟社研究》，頁183。
3 一九一六年舊曆上元夜及十六、十七日三天，稻江乾元藥行開設「懸賞燈謎」，聘張純甫、鄭天鑒、林述三主稿。參見黃美娥編，〈張純甫先生年表〉，《張純甫全集》（新竹市：新竹市文化中心，1998年），頁204-235。又，一九三四年，甲戌元宵，臺灣新民報總編輯林呈祿先生，獲知臺南謝星樓有來北之訊，因謝氏為該報中堅份子，亦擅謎語，乃投其所好，託林述三先生準備謎稿。參見黃文虎，〈臺北謎學史〉，《臺北文物》4卷4期（1956年2月），頁111-128。
4 即私塾，本省（臺灣）國文書房俗稱「紅米店」，亦稱「子曰店」。

冬烘誤卻當朱衣，五載箕裘覺已非。

拾字生涯供普度，注文大計總依稀。

黃粱悟徹邯鄲夢，丹雀空銜洙泗飛。

鍾阜念他周處士，交關無那欲相違。

赤田赤穀迴相憐，任守高風杳若煙。

但對白魚餐似玉，那知黃雀軟於綿。

在陳見笑拾塵日，去魯應愁接淅年。

縱協升恆豐獲益，頭顱換盡絳帷邊。

先生弟子曾笑雲、林笑巖、黃笑園合稱「天籟三笑」，極富騷壇盛名；又，日據時期閨秀詩人甚稀少，蓋因早年民風保守，女子較少參與詩社，惟先生打破成見，廣納女弟子，實屬當代詩壇極其罕見之現象。女弟子中有凌淨熔、姚敏瑄、鄞威鳳合稱「天籟三鳳」，能作能吟，光復後有「礪心齋女子同學會」一時傳為佳話。天籟「三笑」與「三鳳」俱是騷壇名宿，知名弟子與再傳弟子眾多，而先生弘揚雅化、作育英才，一時遂有「稻江詩界通天教主」之雅譽。

（二）林錫麟（1911-1990）

林錫麟，字爾祥，號尚睡軒夫子，居室曰銅臭齋。明治四十四年（1911）生，為天籟首任社長林述三先生之長子。昭和十一年（1936），年廿五，代課訓童蒙；十三年（1938），主持礪心齋，週為一課，如此直至民國七十年（1981）停館，執教計四十五年，春風化雨。

先生幼承父教，不慕榮利，或曰日據晚期，政府提倡「皇民化運

動」，嚴查書房教育，先生遂高臥以避之，是有「尚睡」之號[5]。觀其〈步景南世弟原韻〉一詩，或可窺見其避世之心跡：

> 一粟貪生混大千，夢回三十值今年，
> 舊時髮似毛錐老，此日心同鐵硯堅。
> 阿堵難蒐維甫宅，驊騮莫贈繞朝鞭，
> 凌雲有筆空藏拙，半紙人情亦悵然。[6]

十年後，又作〈四十書懷〉：

> 致富無從感杏壇，操持恬淡竟心安。
> 年來世事猶餘惑，夢醒胸懷尚耐寒。
> 長懶讓輸人一步，晏眠自笑日三竿，
> 儼然身外多兒子，肩擔何時得放寬。[7]

先生執教書房，藏拙數十載，卻自嘲其居室曰「銅臭」，家庭的重擔可想而之，更益顯其性格之堅毅。先生率性自然，世間一切榮華不曾入眼，所作多關花鳥風物，今試舉二首，分列如下：

> 〈秋山〉
> 千峰紅樹老，萬壑白雲殘。
> 野曠青螺染，谷危翠黛寒。

5　潘玉蘭《天籟吟社研究》，頁214。
6　《詩報》第232號（昭和15年9月15日），頁4。
7　錄於《天籟詩集》（臺北市：天籟吟社，1988年10月），頁5。

蟬聲吟落月，雁字過層巒。

五月登高返，攜笻不再看。[8]

〈白梅花〉

雪中烟外費相尋，月下窗前試小吟。

翦玉一枝塵不染，玉壺省識美人心。[9]

秋山者，全詩無煙火氣，野曠間窺見天地之至雅；而白梅花，雖不似春、夏諸花熱鬧欣人，卻也管領一季，清冷高標的象徵更直抒先生一塵不染之襟懷，令人心嚮往之。先生一生致力詩教，弟子眾多，有張國裕、葉世榮、林安邦、施勝隆、鄞強等人，後來紛紛成為天籟吟社與臺灣詩壇之重要人物。惜先生所作大多散見各處，無有專集傳世。

(三) 林錫牙 (1913-1996)

林錫牙，字爾崇。大正二年 (1913) 生，為天籟首任社長林述三先生之次子。受父兄薰陶，昭和七年 (1932)，時年十九，入天籟吟社；民國六十五年 (1976)，「臺灣詩人聯合會」改組為「中華民國傳統詩學會」，獲推為第一屆副理事長，民國六十八年 (1979)，任該會第二屆理事長，第三屆亦獲蟬聯，自第四屆起，始轉任名譽理事長；曾任「中華學術院詩學研究所」顧問、中國文藝界聯誼會名譽副會長、詩文之友社顧問、臺北詩社聯合社顧問、礪心齋書院同學會長，全臺詩人聯吟大會顧問等，儼然騷壇領袖。有《讀父書樓詩集》傳世。

先生少時，文學聰敏，嘗奉父命赴福建廈門大學投考文系，詎料

8　錄於《風月報》第46號（昭和12年8月10日），頁25。

9　《南瀛佛教》第7卷第1期（1929年1月），頁54-55。

遭遇兵戈，一時時局緊張，學業受挫，回臺後為求生計，遂棄學從商，荒廢吟詠長達廿年[10]。其詩〈廢吟〉曰：「商界奔馳利欲驅，年來絕口一詩無；風騷畢竟難為飯，煮字當時愧老蘇。」老蘇即稱蘇洵，蘇氏父子一門三傑，文名震動天下。先生自言從商以後，為利益驅，荒廢學業，愧對老父，由是可窺其畢生遺憾。

日據時期，先生因任《風月報》編輯，作品常見於該刊，所作體裁繁複，有詩、賦、通俗小說、散文等[11]。生平為詩多讀少作，據傳有兩千餘首，惟大多散佚，其《讀父書樓詩集》僅錄日據至光復後逾三百首，以應酬、擊缽為多。其餘作品，散見各處，偶有感懷人事，傷時傷情之作，試錄二首如下：

〈溪聲〉
側耳潺湲徹夜鳴，詩心一片玉壺清。
可憐虛枕嘈嘈外，淘盡韶光是此聲。[12]

〈稻江月〉
一輪斜掛淡江天，讀父書樓月正圓。
八十年來吾亦老，羨娘不減舊嬋娟。[13]

嘈聲未止，詩人已老，感慨益深。先生父子情篤，齋號「讀父書樓」，遙想衰翁望斷月圓，令人悵然。先生雖然學業受阻，所幸家學淵源，吟詠未廢，遺音收入《天籟元音》，又因擔任「中華民國傳統

---

10 潘玉蘭《天籟吟社研究》，頁216。
11 潘玉蘭《天籟吟社研究》，頁216。
12 《臺灣擊缽詩選》，第3冊，頁425。
13 林錫牙《讀父書樓詩集》，頁127。

詩學會副理事長與理事長」，得詩壇人脈，引介大批詩人加入天籟吟社，亦功在勤勉。

（四）高墀元（1918-1998）

高墀元，字策軒。大正七年（1918）生；受業於初代社長林述三先生門下，與前任社長有同窗之情[14]，在三代社長林錫牙先生去世後，以輩分、資歷最高，由張國裕等人推為社長，實未接任社務，兩年後與世長辭。

先生性慷慨，壯懷激烈，能吟善飲，為天籟吟社之酒豪。與妻子高碧姿攜手詩壇，同為天籟吟社社員。先生畢生所作散見各處，作品無專集，試錄其〈新荷〉[15]二首如下：

〈新荷〉其一
冉冉柔枝水面臨，塵埃半點不相親。
他時莫怪臨波美，出得頭來便苦心。

〈新荷〉其二
柔枝點水費沉吟，濯出淤泥葉未森。
我願來時多結蕊，待供南海坐觀音。

先生此二首寫作獨特，初觀新荷清美，時人皆目其臨波似仙，獨先生道破其拔出淤泥的成長之苦。詠物者，或抒己志。住世之君子，以根基志業為重，其願大哉。

---

14 〈哭林公錫牙社長千古〉：「望風淚灑稻江隈，欲獻蕪詞費剪裁。天籟同修盟白馬，芸窗記讀契青梅。人間無計留君住，華表深期化鶴來。從此不煩身外事，可悲撒手赴泉臺。」《臺灣古典詩擊缽雙月刊》第10期（1996年10月），頁15。

15 1966年天籟吟社主辦丙午夏季北市詩人聯吟大會，大會次唱。

（五）張國裕（1928-2010）

　　張國裕，字天倪。昭和三年（1928）生；民國三十四年（1945）受業於林錫麟先生門下，亦為林述三先生之再傳；民國六十六年（1955），當選「臺北市詩人聯吟會」副會長；民國六十八年（1979），以理事身分兼任第二屆「中華民國傳統詩學會」秘書長、第三屆轉任常務理事兼副理事長；民國七十六年（1987）獲「教育部弘揚詩教」獎；民國八十年（1991）獲大成至聖先師奉祀官、考試院長孔德成先生題贈「管領騷壇」，同年當選第六屆「中華民國傳統詩學會」理事長、第七屆復連任，至任期屆滿，始讓其會座。先生長期參與「中華民國傳統詩學會」，曾任秘書長、兩任理事長，亦曾多次代表臺灣地區出席世界詩人大會，為臺灣古典詩壇領袖人物。民國八十七年（1998）天籟吟社第四任社長高墀元先生去世後，接任第五任社長；民國九十三年（2004）重振社務，再新社員會籍，引進大批學生與後進，奠定今日天籟之規模。民國九十九年（2010）謙讓社長一職予歐陽開代先生，轉膺名譽社長，同年仙逝；遺集有《張國裕先生詩集》傳世。

　　先生詩才凌厲，嘗作〈柳絮〉[16]詩，詩云：「訝雪垂枝颺嫩風，柔情眷戀館娃宮。纏綿別有銷魂樹，無著浮心一夢中。」曾被太老師林述三先生評為「特上」。其人為詩，謹守六義，尤尚「情」、「意」，嘗言道：「學者為詩，切莫為啞詩。然則疊字絢麗，用典幽深，句非己出，鋪排敷衍，此為無情之詩；描述極致，寫景如繪，風湧雲飛，卻盡褒美，此無意之作。無情之詩，無意之作，文字遊戲而已。此非「啞詩」而何耶！」[17]，如是詩教，觀其〈秋興〉二首可知：

---

16 《張國裕先生詩集》，頁21。
17 唐羽〈天籟吟社張夫子天倪先生傳略〉，《張國裕先生詩集》，頁52。

〈秋興〉其一

一角登樓望，天高肅氣橫。

籬邊黃菊艷，浦上白蘋生。

琴弄雙行淚，砧催萬里情。

回看窮目處，渺渺火雲平。

〈秋興〉其二

身世猶為客，雄圖負白頭。

清詩吟野月，殘夢醒孤舟。

聊對一樽酒，能消幾斛愁。

飄然如斷梗，碧海感沙鷗。[18]

秋興登高，雄圖未遂，客情悵懷如許。黃菊白蘋、琴聲砧聲，更添亂緒紛紛。在一片渺渺火雲之中，歷歷如繪，又在無可奈何之間，寂靜收束，直是愁人。

二　天籟「三笑」、「三鳳」與再傳弟子

（一）三笑其一：林笑巖（1903-1977）

林錦堂，號笑巖，又號逸齋。明治三十六年（1903）生。林述三先生之弟子。民國六十六年（1977）辭世。作品散見各處，無有專集。

先生性溫文，詩思縝密，少時入礪心齋，師事林述三先生研習詩文，一時亦頗有詩名，嘗作〈苦吟〉云：

18　《張國裕先生詩集》，頁157。

一字沉思豈易探，辛中有味自喃喃。

髭鬚撚斷無佳句，費盡詩心嘔再三。

另有名作〈春眠〉於逸社擊缽獲得左元：

借得遊仙枕，片時好夢遙。

春深楊柳媚，睡足海棠嬌。

化蝶飛千里，啼鵑鬧一宵。

醒來花事了，暫覺鬢毛焦。[19]

吟詠生涯結識「二笑」，更傳為騷壇佳話。惟而後經營米行、商行，百務叢脞，高懷逸致遂減，吟詠漸稀。黃笑園〈戲贈天籟吟社諸詞友〉[20]一詩述其：「惟本諄柔每克雄。三思慎重有誰同。鐵心百鍊商場戰。賭米生涯拜下風。」既屬之先生騷壇生涯始末，亦略有物傷其類、兔死狐悲之憾，令人唏噓。

（二）三笑其二：曾笑雲（1904-1981）

曾朝枝（有作潮機），字笑雲，以字行。明治三十七年（1904）生。林述三先生門下，亦曾參加瀛社、和社、登瀛吟社。善作詩，詩名顯著，詩作多刊於《詩報》、《風月報》、《南方詩集》。嘗擇臺灣各地擊缽詩優選者，分七律七絕，依平水韻分目纂集《東寧擊缽吟集》共三集[21]，付梓後，風行壇坫，為日據時期臺灣詩壇之重要參考書。一九八一年辭世。

---

19 《詩文之友》第24卷第3期（1966年7月），頁37。

20 《南瀛新報》第270號，（昭和8年12月9日），頁14。

21 《東寧擊缽吟集》共三集，前集於一九三四年四月發行，後集於一九三六年五月發行，三集僅見刊於《詩文之友》，並未付梓。

　　先生詩才橫溢，與林笑巖、黃笑園合稱「天籟三笑」，一時名動全島。先生一生著意詩場，無心兒女之情，黃笑園〈戲贈天籟吟社諸詞友〉[22]詩云：「角逐騷壇負盛名。藍橋無夢及雲英。如今著意東寧集。拋卻風流樂半生。」似有所指。

　　先生詩風多變，有慷慨爽健者，如〈春日書懷〉：

　　　　元氣葆培愛早晨，金剛百煉煅心身。
　　　　中流擊楫思征士，大雅扶輪望眾人。
　　　　鶯燕有情仍喔囀，文章無價合安貧。
　　　　鑑湖乞隱能知願，長羨當年賀季真。

亦有雄渾高古，任俠奇氣者，如〈圓山遠眺〉：

　　　　太古巢前景，憑高滯短筇。
　　　　紅看銜落日，青未了諸峰。
　　　　出寺鐘搖韻，沉潭劍欲鋒。
　　　　遙遙北城市，四顧暮雲封。

另有一作〈眼鏡〉：

　　　　任教作色分青白，自愛生光辨濁清。
　　　　眼界幾人空一切，明明看透世間情。[23]

　　暮日登高遠眺，落日垂紅一片，諸峰青翠依稀。入耳寺鐘微響，

22　《南瀛新報》第270號（昭和8年12月9日），頁14。
23　《東寧擊缽集》前集，頁243。

極目劍潭歛波，四顧暮雲壓城，是斯人見微於天地，亦是斯人雄視於雲間。而觀其〈眼鏡〉詩，藉物取譬，暗書性情，更是令人拍案叫絕。先生寫景書懷之作如斯，詠物之作亦如斯，案頭想像其人，何其豪也。

（三）三笑其三：黃笑園（1906-1958）

黃文生，號笑園，又號少頑、捲籟軒。明治三十九年（1906）生，林述三先生弟子。昭和元年（1926），時年弱冠，即設立「捲籟軒」書房，教授漢學，並創立「捲籟軒吟社」，門下不計其數，佼佼者如：陳雪峰、黃雪岩、黃篤生、莫月娥等，皆享譽詩壇；曾任《昭和新報》編輯。民國四十七年（1958）辭世。笑園遺集由天籟吟社現任社長楊維仁先生輯成《捲籟軒黃笑園詩集》傳世。

先生工詩，少時所作多抑鬱，嘗作〈網珊吟〉以自傷：

> 可憐珊瑚樹，生長屈深淵。
> 越王稱烽火，夜燦光欲然。
> 釣竿難拂起，取之偏賴船。
> 枝條高七尺，鐵網待三年。
> 有時逢識主，出水曲而堅。
> 製磨為珍寶，留與古今傳。
> 文章無知音，漂泊困天邊。
> 人亦難相比，抱才幾萬千。

自受業於礪心齋林述三先生門下後，結識曾笑雲、林笑巖二人[24]，

---

24 按：參照《捲籟軒黃笑園詩集》卷一，笑園與笑雲相交之年，約在昭和二年，有〈贈笑雲詞兄〉為證，詩云：「問君緣底事，邀我到君堂。甘心陪末席，聽談涉世方。深宵蟲語唧，隔院機聲揚。秋風何瀟灑，吹動垂堤楊。感君雞黍約，情契興何

一時文星會遇，風雲席捲騷壇，人稱「天籟三笑」，名動臺島。同窗
之情，惺惺相惜，三人情感甚篤，詩作中常見唱和往來。[25]而後風格
大開，其〈大觀閣〉八首蒙業師林述三先生評為：「寫景寄情，灑落
可喜，笑園得意之作。」[26]今試錄一首如下：

> 新築大觀高閣雄，夕陽斜照豔粧紅。
> 遠看滬尾連滄海，回顧稻江架彩虹。
> 景好未輸清暑殿，雲閑不鎖廣寒宮。
> 梵鐘渡水凌雲寺，正入詩人感慨中。

先生亦能詞，有〈遊淡江詞〉，調寄滿江紅：

> 九曲長江，飛白鷺、晚風無力。回首望、
> 梁成興馬，往來人密。一角西山懸落日，
> 津頭依舊空遺跡。到夜闌、明月照江干，清寒溢。
> 秋已盡，飄蘆荻。人易老，鬚眉白。
> 感繁華如夢，富貧難易。滄海桑田多變幻，
> 人情冷暖頻相逆。聽水流、添我恨愁生，思潮急。

　　自先生設帳「捲籟軒」書房，弟子門人不計其數，於《詩報》、
《中華詩苑》、《詩文之友》中經常可見該社之擊缽詩作。先生逝世後
隔年，淡北吟社秋季例會並開社友黃文生先生逝世一週年紀念，其門

長。」其業師林述三先生評語：「友愛情逾切，聽談涉世方。以斯輔仁，其益有
　三。二生勉旃！」語見《南瀛佛教會報》第6卷第1期（1927年12月），頁70。

25 參見《捲籟軒黃笑園詩集》，和笑雲者計有五首、和笑巖者有五首，吟詠提及笑巖
　者又一首。

26 《南瀛佛教會報》第6卷第3期，（1928年6月），頁49。

生陳雪峰作〈過捲籟軒〉，詩云：「蕭齋鬥韻已經春，此日重來倍愴神。回憶吟聲猶在耳，更教何處覓詩人。」「捲籟軒」書房後來由其公子黃少園主持，惜今已無運作。[27]

（四）三鳳其一：鄞威鳳（1909-1996）

鄞好款，字威鳳，以字行。明治四十二年（1909）生；林述三先生弟子；光復初期，在婦女合作社理會計職；民國六十年（1971）左右退休，夜間於臺北覺修宮及自家設教，闡釋經文佛典、授四書、古文觀止、唐詩等，知名詩人莊幼岳先生曾譽其為「女宗師」[28]；民國八十五年（1996）辭世。

覺修宮為感念其貢獻，以女史生日元月廿日為開課日，其忌日十月二十三日為秋祭，並將其名列於先賢牌位[29]。女史雖早在日據時期即參與天籟吟社，亦有詩名，惜所作皆散佚，作品無有專集。

女史二八年華即入礪心齋門下，師事林述三先生研習漢學，求學甚刻，深得四書五經之精微，好古文，認為讀聖賢書，乃是為了知行有常。女史工詩，才情不讓鬚眉，與凌淨嫆、姚敏瑄合稱「天籟三鳳」。當年「天籟三鳳」詩名亦頗盛，《詩報》第277號[30]曾刊〈風片〉，三人同題而有作，試錄之：

> 凌淨嫆〈風片〉
> 略裁爽颯滿春梢，彷彿如屏憶二崤。

---

27 潘玉蘭《天籟吟社研究》，頁280-281。

28 莊幼岳〈威鳳姊六十〉：「孝悌聲名早歲馳，孤芳況守雪霜姿。得薪奉母貧能樂，設帳授徒晚自怡。積德應徵無量壽，登堂爭拜女宗師。欣逢花甲初周日，朗朗媚星照酒卮。」

29 參見潘玉蘭《天籟吟社研究》，頁234-235。

30 《詩報》第277號（昭和17年8月5日），頁15。

蕉葉無心憑展卷，花英有感惜吹拋。
掠翻燕剪斜空谷，輕颭螢囊度遠郊。
縐碧池塘楓落冷，帆橫篷背帶烟敲。

姚敏瑄〈風片〉
十里香塵影浪拋，玲瓏面面掠春梢。
斜飄絲雨穿芳徑，斷颶烟綃過碧郊。
落葉拂簾勾細戛，飛花散帶珮輕敲。
薄寒扇取薰蘭氣，卷展芭蕉綠錦梢

鄞咸鳳〈風片〉
剪落群英散滿郊，戧天錦字颭紅旓。
銅烏響動屏垂障，鐵馬鳴懸捲簾梢。
易水蕭蕭歌羽轉，蘭臺颯颯賦章拋。
有時吹面堪當扇，人力無勞陣陣敲。

　　「天籟三鳳」情誼深厚，亦感念業師林述三先生傳經之恩，某年於礪心齋中舉辦師生同學會後，女史有詩如下：

〈礪心齋同學會感作〉
道是春風座裡迎，杏壇桃李各心傾；
聖門垂範留文跡，禮教揚徽入雅聲。
詩賦朗吟同得意，琴書細論共研情；
筵開今夜團如月，敬祝師尊福壽盈。

　　礪心齋內師生團聚，桃李滿座領受師恩，如沐春風。眾人或賦

詩、或鳴琴，自是得意欣欣。女史不忘師恩，其門人亦終不忘女史，
天衍教化，豈無應乎！

（五）三鳳其二：凌淨嫆（1914-1979）

凌水岸，一名真珠（姑）[31]，字淨嫆，以字行。大正三年
（1914）生；林述三先生弟子；昭和十年（1935）芳名曾列「臺北名
花」[32]；民國六十八年（1979）因積勞成疾，仙逝而去。其遺詩共計
五十八首，由摯友姚敏瑄女史及其門生輯為《淨嫆遺詩》。遺音則收
入《天籟元音》。

女史幼時聰敏好學，性情溫柔，長成以後，風姿高尚，詩學造詣
益深。當時師事林述三先生門下，尤擅「天籟調」，與姚敏瑄、鄞威
鳳合稱「天籟三鳳」。

女史早年為藝旦出身，堪稱臺灣詩壇之「吟唱女神」，出道未久，
嫁為人婦，婚後甚少吟詠，晚年依女為生，並設帳授徒以自娛[33]。觀
女史諸作，大多為綺年之作，內容多屬課題、擊缽，偶有詠史抒懷之
作，如下列二首：

〈薛濤牋〉
松花小彩出成都，十色供吟對影孤。
一自韋郎拋去後，淚痕染紙認模糊。

---

31 「真珠姑」乃社內晚輩對凌女史之尊稱，如張國裕、葉世榮二位先生，因女史與二
人之業師林錫麟先生為同輩，故尊稱女史為「真珠姑」。

32 〈臺北名花芳名錄〉，《風月》第37號（昭和10年12月29日），頁3。

33 參見莊幼岳〈淨嫆遺詩序〉，《淨嫆遺詩》（1979年）。

〈董小宛〉

邂逅秦淮柳似絲，迎來鈿轂紫騮隨。

傷心兵馬揚州路，遂使鵜鶘賦別離。

詩頌薛濤、董小宛，此二女俱是薄命紅顏。才女與名妓的雙重身分，並沒有為其命途加分，反而多受厭棄亂離之苦。此二首悽切憂傷，對於才命相違之女子流露無限同情。除詠史抒懷之外，亦另有感時傷逝、直抒胸臆之作，如：

〈晚春〉

年華似水怯餘春，花事匆匆感夢塵。

隔院殘鶯啼不住，聲聲愁煞倚欄人。

年華似水一去不返，暮春花事匆匆，往日餘塵過眼，縱鶯燕嬌啼不住，只是愁人。卻看女史餘卷，入目是「願君早脫無情世，收取殘紅管是誰」（〈拾花片〉）、「泥我愁腸幾回轉，西窗薄曲影初勻」（〈疏簾〉）句句無奈。斯人已逝、深情猶在，想像天中，惟願安息。

（六）三鳳其三：姚敏瑄（1915-1991）

姚敏瑄，大正四年（1915）生；林述三先生弟子；日據時期獲聘為《臺灣民報》記者，直至民國三十六年，二二八事件爆發，臺北多間報社被查封，終結束記者生涯；民國四十年（1951），《臺灣詩壇》出刊，任社務委員；曾任臺北市婦女紡織合作社理事長，亦大力呼籲當時社會養女問題。女史一生為時事爭鳴，不願婚配，又致力詩教，獎掖後進，其外甥歐陽開代、內姪姚啟甲二位先生入盟天籟吟社後，

亦先後膺任天籟吟社社長。名家之後，絕學傳承，信是女史之遺澤，
亦是天籟吟社之幸甚。

　　女史自少聰敏，行事朗健，應答敏捷，深懷民族之大義。幼時曾
入公學校，卻不學、不說日語，只因其父告之：「中國人要說漢語」；
一生著唐衫（旗袍），也只因「這是中國的衣服」。[34]後轉進礪心齋門
下研習經史，參與天籟吟社例會擊缽屢獲佳績，與凌淨嫆、鄞威鳳合
稱「天籟三鳳」。以下試錄其〈青眉〉詩：

　　　　雙蛾彷彿訝新蟾，宮樣粧成翠黛添。
　　　　春色遠山明似畫，嬌姿細柳態猶纖。[35]

　　女史文字洗鍊，喻女子淡妝之眉形如鉤似月，又分明如春天之山
水，別見細膩。又一首〈礪心齋同學會感作〉：

　　　　新詩共賞且談心，此日聯歡得意吟。
　　　　明月照人留皓影，好風到處是清音。
　　　　琴書逸趣開三徑，蘭蕙餘香度一林；
　　　　韻事千秋師友誼，高山流水契偏深。[36]

　　吟詩聯歡，師友情暢，琴書之趣，韻味悠長，又如高山流水，知
己交心最樂！惜光復後女史因百務叢脞，少有詩作，作品亦無專集。
晚年埋首經文，設帳傳經，安享天年。

34　參見潘玉蘭《天籟吟社研究》，頁231-232。
35　《詩報》第273期（昭和17年6月5日），頁15。
36　見陳鐵厚編《天籟吟社集》（1951年）。

（七）莫月娥（1934-2017）

　　莫月娥，昭和九年（1934）生於臺北；師事黃笑園先生，為林述三先生之再傳弟子。民國五十年（1961），加入天籟吟社；民國六十二年（1973），「中華民國詩社聯合社」創立總會，當選理事；民國八十六年（1997），當選「中華民國傳統詩學會」第八屆理事、第九屆亦連任、第十屆轉任副理事長、第十一、十二、十三、十四屆復又連任；民國一百零二年（2013），臺北市天籟吟社正式立案，聘女史為顧問。張國裕先生譽其為「臺灣吟詩冠冕」，女史遺作輯成《莫月娥先生詩集》，元音則收錄於《大雅天籟》。

　　女史少時，曾受日本公學校教育，五年級時因聯軍轟炸臺灣而停止。光復後，入捲籟軒書齋，隨「天籟三笑」之黃笑園先生學習詩律及吟唱，初隸淡北吟社。民國四十六年，《詩文之友》以〈光復一唱〉，徵詠詩鐘，女史以「光含鹿窟千秋鏡，復活龍潭百尺泉」一聯掄元，所撰氣象宏開，初試啼聲，遂一鳴驚人，從此浸淫詩學，奔走騷壇，樂此不疲[37]。女史盡得其師黃笑園詩法真傳，俟其歿後，自署「捲籟軒」傳人，弦歌不輟。

　　女史善吟唱，尤擅「天籟調」，清鳴盛於當世，乃得學術界之關注，邱燮友教授嘗收錄女史元音於《唐詩朗誦》專輯。如今「天籟調」得以踏出臺灣詩壇，馳名於各大學校院之間，全功俱仰仗女史也。

　　女史性恬淡，品氣高雅，亦善作詩，所作散見各處，後由天籟吟社現任社長楊維仁先生理首書塵，檢點臺灣各大詩刊，起自民國四十五年，迄至民國一百零五年，終得詩聯七百餘首，輯成《莫月娥先生詩集》。今試錄如下：

---

37 參見林文龍〈莫月娥先生詩集序〉，《莫月娥先生詩集》，頁4。

〈蝴蝶蘭〉

渾如蕙草美人情，空谷幽香過一生。

翠葉露根纏古樹，黃鬚粉翅茁新莖。

難教變態莊周夢，不聽傷時孔子聲。

處世清高秋佩感，誤他謝逸作詩評。[38]

本詩作於民國四十四年淡北吟社三十五週年紀念大會。「蝴蝶蘭」固是擊鉢詩題，女史卻能藉物起興，直抒襟懷，又連用「香草美人」、「莊周夢蝶」、「君子傷時」、「謝胡蝶」數個典故，舉手投足間毫無凝滯，字裡行間足見博才風雅。又有一首：

〈佚題〉

故國飄零事已非，舊時王謝見應稀。

月明漢水初無影，雪滿梁園尚未歸。

柳絮池塘春入夢，梨花庭院冷侵衣。

趙家姊妹多相妒，莫向昭陽殿裡飛。[39]

本題已佚，詩意未明，端是藉古傷今之作。女史用典自是渾然無礙，寫景佈局卻尤其精妙，讀到「柳絮池塘春入夢，梨花庭院冷侵衣」二句，出入虛實，恍然間見精魂蕭索，此非性情中人，何以為之。

---

38 《莫月娥先生詩集》，頁44。

39 《莫月娥先生詩集》，頁221。

天籟當代詩人剪影

張家菀

臺北市天籟吟社副總幹事

一　前言

　　天籟吟社自一九二二年於林述三礪心齋書房正式成立至今，百年一瞬，粲然可觀，其間創作不絕如縷，或例會徵稿擊缽，或社員個人創作，具體而微呈現日據傳統文人教育，乃至民國初期文學論戰的刺激省思，直至今日當代古典文學衰微的時代縮影，同時因地利緣故，社員有絕佳機會參與多個詩社之活動，創作亦保有北臺詩人相互往來的人際網絡特色。以下試圖以例會創作與社員詩選分別論述描繪天籟當代詩人之風貌。

二　四季例會的集體創作

　　儘管現今文學作品的出版市場嚴峻，天籟吟社仍維持五年一期的步調定期發表創作，以《天籟吟社九十週年紀念集》、《天籟清吟》及《天籟清詠》等近十年出版品為例，收錄自二〇〇七年春季至二〇二〇年秋季之間例會作品、社員詩選；創作專輯則有天籟讀書會「詩學講座班」習作、葉世榮米壽賀詩，亦收錄天籟吟社主辦全臺詩人聯吟

大會詩作集錦；其他還有社史專文、教師採訪、出版品目錄、組織現況、社員簡歷、大事記要、古典詩詞講座歷屆講者講題等，可以說天籟吟社在在顯示其創作能量豐沛及社史研究深度，輔以精密的組織運作，使得創作成果極為豐碩。

出版發行固然有保存之功，向臺灣文學研究者提供豐沛的文獻素材，而其深刻意義在於天籟將一批當代古典詩人推向寬廣的普羅大眾視角，不單純只是社團內部同一批創作者的自娛自樂。天籟當代詩人群以卓立昂揚之姿，抒情任性展露生命風華，選擇以語言極為精緻凝鍊的古典詩創作回應臺灣社會，或時事，或新詞，或文化，或閒詠，可以說無一事、無一景、無一詞不可入詩。

天籟吟社的例會首唱為限期徵稿形式，分設左右詞宗，品第之後可隨心擬作，促進社員的效仿學習；次唱則是出席社員投票共選題目後，限時當場完成，謂之「擊缽」。在詩題選定方面，因例會辦理時間為春夏秋冬四季，常見季節時令相關之題目，如〈春寒〉、〈夏夜〉、〈秋豔〉、〈冬陽〉等；詠物類除了〈雲雨〉、〈賞櫻〉、〈螢〉、〈桐花〉、〈重陽菊〉、〈勁草〉等天氣、花草、蟲鳥之事物外，亦有〈咖啡〉、〈試茶〉、〈草莓〉等日常可見的飲食，以及〈汗珠〉這一類少見的特殊題目，人物類則有〈林書豪〉、〈齊柏林〉於某一領域的標竿人物；或有地理類如〈詠北投名勝〉；時事方面有〈核災〉、〈太陽花學運〉、〈假新聞〉具有社會意義；甚至也有社務發展相關的題材，如〈臺日兩社聯吟雅集有感〉、〈天籟薪傳〉等。

就整體創作而言，天籟當代詩人群講究格律嚴謹、對仗工整的基礎形式，並且維持典雅清新之美感呈現，其中不乏有佳作或警句，以《天籟清詠》為例，如姜金火〈秋豔〉：「湖光霞彩燦，水影碧波潆。」周福南〈春寒〉：「瘦蕊枝頭春有腳，煦和送暖碧玲瓏。」余美瑛〈曉起〉：「曦微涵日月，天朗吐雲霞。」林顏〈曉起〉：「逐鴨竿聲

急，驅牛笠影斜。」林志賢〈螢〉：「萬點浮移驚夢幻，孤零閃爍感微
茫。」陳碧霞〈丁酉孟冬即事〉：「天氣半陰晴，寒從雨後生。」李玲
玲〈冬晴〉：「影落光搖玉，遙望日漸昏。」何維剛〈賞櫻〉：「擎天一
片英雄血，劃破青空自在流。」林宸帆〈晚眺〉：「檢點浮生渾似夢，
山形依舊枕江流。」又如，蔡久義〈冬至望遠寄懷〉：「裁詩觀義路，
設色染檀心。」林長弘〈試茶〉：「醒覺人情多冷淡，舌嘗世味有酸
鹹。」鄭景升〈邀飲〉：「市喧鷗渚外，霞釀我山中。」詹培凱〈草
莓〉：「酸甜最似人情味，轉過風霜又是春。」」

　　以上種種，不一而足，限時、限題、限韻的緊張感考驗著創作者
的取材構思、謀篇布局及措辭手法的安排，重視感發的靈動敏銳與語
言的清新脫俗，個人才情得以充分的展露，並且透過詞宗的慧眼識珠
或社友的正面肯定，強化其持續創作的意願。以四季例會同題共作為
主的集體創作模式，透過品第與標榜等詩藝切磋的活動，強化彼此之
間的凝聚意識，致使社員的審美趨於一致，形成整體性的美學風格。
再者，如若說例會創作仍有炫才逞技的企圖，那麼創作專輯則顯得溫
情脈脈，既有對於社內長者賀壽之作，亦有詩詞課程約題寫作，將彼
此的情感緊密連結在一起。此外，全臺詩人聯吟大會則是藉由週年慶
向臺灣傳統詩壇對外展示天籟吟社深厚的歷史底蘊及強勁的創作實力。

　　總體而言，天籟當代詩人群因積極參與社內辦理的詩詞課程與詩
學講座，在原有的堅實詩學根基底下，同時吸收學院系統化的研究新
知，結合文本閱讀及創作觀念運用於自身創作，透過反覆的切磋論
析，進而達到雅正端莊、真切自然的藝術風格。

三　社員詩選的個人創作

　　相較於四季例會的同題而作，社員詩選以作者進行排序，單獨成

篇，端看個人平時創作的積累。以《天籟清詠》為例，共收錄四十六篇的社員詩選，以個人選集形式呈現，一篇約六至八首詩，篇內隨處可見五七言的律絕創作，只是未見古體詩創作，或許囿於出版篇幅所限，或許是由於古體詩形式自由寬廣，不易創作，無論如何，僅憑現有所載，已經隱涵個人微型詩集的概念，輔以附錄的社員簡歷，約可對該名詩人的行略及創作有一基礎認識。因天籟吟社的社員多達五十來位，且年齡跨度較大，上自九十耄耋，下至二十青少，其人生閱歷、創作經驗及精神樣貌均不相同，以下略述數名社員詩作，以見端倪。

（一）葉世榮〈奕勛詩草〉

葉世榮，現任天籟吟社顧問，曾入礪心齋書房，親炙林述三、林錫牙、凌淨嫆等天籟前賢，受業於林述三之子林錫麟，其人生縮影可視為「一本行走的天籟社史」，其生平事略散見於潘玉蘭《天籟吟社研究》及《天籟吟風》，詩作多於感懷寄寓家國之思，如〈初春〉：「梅已著花櫻促蕊，江山藻繪入初春。」〈松下聽濤〉：「柳麥只聞興小浪，翻天覆地大夫風。」

（二）姚啟甲〈啟甲詩草〉

姚啟甲，現任天籟吟社名譽理事長、三千教育中心負責人，榮獲「文化部第十五屆文馨獎」。秉持富而好禮、行善天下之精神，扶持國際級表演及藝文新秀創作，贊助舉辦「天籟詩獎」、「古典詩學講座」等詩學活動，其詩作親切文雅而有社會關懷，如〈題米勒拾穗名畫〉：「饑婦拾餘人去後，微陽布暖影低斜。」〈車道中發送傳單者〉：「塵隨肥馬圖饞糒，指扣華窗博細錢。」

（三）楊維仁〈抱樸樓吟草〉

楊維仁，現任天籟吟社理事長，曾獲臺北文學獎、「教育部文藝創作獎」等，參與社團期間，戮力推動多項出版品的編纂事宜，著有個人詩集《抱樸樓吟草》。詩風清雅俊逸，內容亦可見詩友之間的互動，如〈過春祿詞長別業聽黑膠唱片〉：「黑膠圓轉如飛毯，載我雲端去又來。」〈敬題吳東晟詞長素涅集〉：「羨君筆底乾坤闊，涵蓄琳瑯穎異姿。」

（四）張富鈞〈怡悅山房吟稿〉

張富鈞，現任天籟吟社總幹事、網路古典詩詞雅集版主，曾獲臺北文學獎、教育部文藝創作獎等，淡江大學中文所文學博士。學詩由胡傳安老師啟蒙，後經陳文華、顏崑陽、簡錦松、張夢機等名家指點，詩作靈動巧妙、新奇有趣，如〈小憩〉：「商風偏蕩舟無繫，鴻爪只搔髮滿霜。」〈題幼時照，用「世情半在愁中悟」句〉：「衣窄早知身老大，燈明翻覺夜輕寒。」

（五）陳麗華〈蘆馨詩草〉

陳麗華，天籟吟社社員，師從楊振福，後問學於天籟吟社張國裕、陳文華，曾獲臺北文學獎、登瀛詩獎、國際獅子會全臺徵詩比賽、網雅詩獎、乾坤詩獎等。詩作裁對精工，詩中隨處可見作者身影，情意真摯，如〈感懷〉：「要將方寸淋漓意，吟到山坳復水坳。」〈近日有思〉：「秋風秋雨堪援筆，索句顰眉愧不才。」

（六）洪淑珍〈天籟閒詠詩〉

洪淑珍，現任天籟吟社理事、乾坤詩刊雜誌社發行人、臺灣瀛社詩學會常務理事、北市灘音吟社副理事長、圖書館樂齡中心詩詞吟

唱。師事梁炯輝、黃冠人、李春榮、楊震福、張國裕、林正三等門
下。選集內多為遊春賞景之作，溫婉悠然，如〈松瀧瀑布〉：「當空一
派斷崖奔，沫濺寒聲過上村。」〈天元宮賞櫻‧其二〉：「漠漠春雲鎖
陌塵，峭寒不礙踏青人。」

（七）何維剛〈椎輪稿〉

　　何維剛，天籟詩社、重興詩社社員，臺灣大學中文系博士，曾獲
玉山文學獎、臺北文學獎、教育部文藝獎、臺中文學獎等，著有《六
朝哀挽詩文研究》。作品多家鄉之思，描繪地方景色風物，其詩因景
抒懷，穩健清逸，而頗見其志。如：〈博士論文口試前夕和王博、韶
祁學長〉：「百種痴問名最執，十餘年後命如何。」〈女兒香二題‧之
一〉：「用世深時甘碎玉，負傷執處始流芳。」

　　此外，其他社員亦多有可觀之作，如歐陽開代〈使南十載有
感〉：「千山萬水隔椰鵑，十載盤旋白髮纏。」黃言章〈夜登一〇一大
樓〉：「沉月頭堪碰，浮雲手可摩。」林瑞龍〈電視機〉：「瑩屏似魔
鏡，萬象影音開。」陳文識〈晚眺〉：「暫借斜陽窺粉壁，休提缺月戍
碉樓。」甄寶玉〈滑手機〉：「小機如芥妙無窮，掌握須彌一手中。」
翁惠眹〈友情〉：「若為微名爭競逐，只教深誼易沈淪。」陳春祿〈馬
路清潔員〉：「行事參隨神秀偈，不令大道有塵埃。」周麗玲〈蜘
蛛〉：「易受淒寒雨，難防嘲諷風。」王文宗〈菊花茶〉：「從此清標存
肺腑，何須矯首望南山。」劉坤治〈冬夜書懷寄小草〉：「小草托微
志，悲風咽素身。」李正發〈自壽〉：「迷茫眼色真猶幻，磊落心光淡
始奇。」吳身權〈山城微雨〉：「論詩藤下清明雨，辭酒茶邊舊客
心。」吳宜鴻〈詠鑽〉：「玉人花綻指間繞，開落豪門又華門。」張家
菀〈冰沙〉：「清涼旋作幽懷冷，零落惟餘舊夢深。」林立智〈冰
沙〉：「餘生慣歷風波後，大夢應期滄海濱。」等。

　　觀察天籟社員選集諸作，多以日常生活做為題材的閒詠之作，重視個人情志的純然抒發，亦有流露社會時事之關切。再者，因應網路興起，莫約三十至五十歲左右的部分詩人，早先於「網路古典詩詞雅集」結識，呼朋引伴進入天籟吟社，甚至三五好友之間成立小社，如林志賢〈寄秋實諸友〉等。順帶一提的是，莫約二十至四十歲左右的詩人，大多來自大專院校學生詩社的成員，於學生時代便與友社相互往來，於選集亦有相關書寫，如莊岳璘〈和鷩聲詩社霖翰兄春雨〉等。

四　小結

　　綜上所述，天籟當代詩人群透過課堂練習與四季例會的集體創作，同樣的題材與韻部構成比較的基礎，透過錘鍛，在創作呈現端雅清新之審美追求，「因難見巧」而又「取法乎上」，藉此獲得彼此之間的才學認同，強化情感連結；個人創作則時見流露於字裡行間的情志抒懷，可說是各有風采，百花齊放，隨著網路時代的興盛，人際關係不限於例會時地的限制而有著其他的連結，甚至交織成不同的詩壇網絡，透過此類酬唱答贈之作，或可持續觀察個別詩人自我認同與詩壇他者之互動關係。以上創作均透過天籟吟社定期出版專書，而有對外發揮的空間。

天籟吟社的詩詞教育

張富鈞

臺北市天籟吟社總幹事

　　雖然一般多以「漢賦、唐詩、宋詞、元曲、明清小說」來概括中國傳統文學史的發展，然而自從《詩經》以降，詩無論是質與量，在文學創作中一直占有極大之地位。尤其唐代科舉以詩賦取士後，無論是言志抒情、交遊酬酢、書信應制、觥籌遊戲，處處都可見文人墨客之創作，寫詩儼然成為學子士人必備之基礎能力。故學童自求學起，蒙求之書必有《千家詩》、《三百首》一類，從中熟習平仄、作對、鍊句等技巧，而最終能直抒胸臆、出口成章。

　　而臺灣之詩詞教育，大概首推沈光文於羅漢門一帶設帳垂教。清領時期各地開設書院，延聘名士宿儒講學，化育一方；或開設私塾，栽培子弟，其中自然也都有詩歌創作一環。日據之後，無論是藉私學以存漢文命脈還是藉彰顯漢學以懷柔士人，都將臺灣之漢文甚至詩詞教育推向了高峰。各地詩社林立，擊缽酬唱之風大盛，教育之事自然不在話下。如當時天籟吟社前身，由林述三先生主持之礪心齋書房，其教育中以詩歌教育即占有極大一部分。當時之教材以《千家詩》、《古唐詩評註宋元明詩選》、《清詩評註》、《少嵒賦》、《白香詞譜》、《香草箋》、《七家詩》、《歷代詠物詩選》等書籍為主。而教授對象不限於兒童少年，據天籟吟社前輩葉世榮老師曾向筆者提及，早期是在

林述三先生居所的大廳教授課程，人來人往，有小孩，亦有年紀較大的前來學習漢文，一批人輪流前來聽課學字。由此或可以窺探當年書房教育之盛。

此外，當時天籟吟社詩詞教育更值得一提的，即在於兼具「吟」與「作」二者。魏子雲教授在《詩經吟誦與解說》一書中，即曾論及過去傳統教育中，讀詩必然需要吟誦出聲，始能明其音節頓挫，對文字不熟習者必不能順暢吟誦；筆者亦曾聽聞基隆蔣國樑先生轉述幼時學習詩詞之經驗：「老師教授一個旋律，以此旋律吟誦己作，如無法順暢吟出，不待老師指出就知必是平仄或鍊字有誤，此學習方式不知為何後來卻是少有人傳。」或許林述三先生曾受學於廈門玉屏書院，學得此法，故天籟吟社在教學上仍保有此特色。筆者年輕時曾於臺北孔廟見一老婦人吟〈出塞〉、〈清平調〉等詩，旋律依稀是天籟慣用之吟詩旋律，向其請教是與何人學得，老婦人自述是年輕時向附近的一位林老師學習，這位林老師是女子，除了教算數、女工、讀書、寫字之外，有時也會教大家吟唱詩詞。當時匆匆幾語，未及深談，只以為可能是林述三先生夫人或女公子，之後回想，或許當「林」老師實為「凌」老師，亦即真珠姑凌淨嫆女士。假使如是，則天籟吟社之詩詞教育，不僅吟作並重，更早已擴及到不同階層性別年齡等範圍。

隨著時代推移，天籟吟社的詩詞教育雖傳承不輟，但主要仍維持在過去傳統詩社的教育方式中。二〇一一年，在社長歐陽開代先生、副社長姚啟甲先生的主持下，開設「天籟讀書會」，延請文幸福教授講課，之後又有淡江大學陳文華教授、顏崑陽教授加入，讓天籟吟社的詩詞教育有了另一波變化。

過去臺灣詩壇中，多半以「學院派」、「民間派」區分大專院校與傳統詩社。而兩者與其說是傳承之差異，無寧說是雙方之詩學觀點養成環境不同。大專院校授課講究的是邏輯理論、無一字無來歷，而創

作上則任意揮灑，所以不免有音節疏漏、良莠不齊之病；相對的傳統詩社講究口傳心授、亦步亦趨，所以在結構、對句、音韻上有其獨到特出之處，亦有千人一面、知其然而不知其所以然之失。固然雙方對於己身之病、對方之長都略有了解，然而卻常受限於主客觀等各種因素，難以有更深入與長遠之交流切磋。而天籟吟社延聘大學教授至詩社授課，讓雙方有了更深一層且長期之交流。陳文華教授不僅將學院的理論賞析等方式導入傳統詩社，也透過自身的影響力讓詩社與大專院校有了更多交流。陳教授即曾對筆者述及在天籟授課對他而言，是一個極大的驚喜，讓他對傳統詩社完全改觀。社員們對於創作與學習的熱情，以及把詩歌與生命融合在一起的樣態，是在學校裡看不到的。也因此陳教授多次在各種場合大力推薦學者能至詩社參觀講課，促進雙方的交流；陳教授本身在天籟開設的杜甫古體詩選講課程，也可說是社員們不斷求知問學，教學相長之下所促成的成果。

此外，天籟吟社的詩詞教育中也徹底實踐傳統儒學「己立立人」、「兼善天下」的理念，自二〇一一年開始，天籟吟社每月固定於第四個周日（之後改為第三個周日）舉辦「古典詩詞講座」，至二〇二一年十一月就邁入第一百場，講師群廣及中研院院士、大專教授、年輕學者、民間宿儒，並且開放給社會大眾免費入場，以達到普及文化、推廣詩詞之目的。這一年十場、連續十年的講座，無論是在公家部門、大專院校、私人企業都是極為難得一見的，如果沒有極大的志願與熱情，是無法連續進行十年的。

簡而言之，若要對天籟吟社的詩詞教育給予一個註解，那應當可以說是「由家而天下」。從早期的「文人結社」、「私塾教育」，至後來的「公益團體」、「社會教育」，透過天籟吟社推動詩詞教育的歷程，不僅可以看見詩社成長的軌跡，或許也可以藉此窺見臺灣詩壇成長的一個面向。

古典詩詞講座歷屆講者與講題

序號	日期	講題／講者
1	2011年4月24日	詩詞吟唱與琴歌 洪澤南老師（臺北社教館、北投社大、淡水社大漢文班講師）、程惠德老師（程惠德古琴工作室負責人、淡水社大七絃琴班講師）
2	2011年5月22日	臺灣古典詩刊的發展與特色 李知灝教授（中正大學臺文所助理教授）
3	2011年6月26日	黃遵憲詩歌賞析 楊淙銘教授（臺灣師大國文系講師）
4	2011年7月24日	談詩 徐國能教授（臺灣師大國文系教授）
5	2011年8月28日	平生冷抱耽岑寂——談張夢機教授的古典詩創作 賴欣陽教授（臺北大學中文系兼任助理教授）
6	2011年9月25日	臺灣古典文學史概說 黃美娥教授（臺灣大學臺文所教授）
7	2011年10月23日	近體詩的發展 黃鶴仁老師（東吳中文博士生、南山書屋負責人）
8	2011年11月27日	詩與書畫之融合 曾人口老師（雲林縣傳統詩學會理事長）
9	2011年12月25日	燈謎的趣味與創作 高武義老師（臺灣謎學研究會、臺北集思謎社會員）
10	2012年2月26日	從曲的吟唱美學到崑劇旦角的表演藝術 蔡孟珍教授（臺灣師大國文系教授）
11	2012年3月25日	梁啟超來臺始末——兼談日據時期臺灣的詩社聯吟會 許俊雅教授（臺灣師大國文系教授）
12	2012年4月22日	春的生機意態——從「池塘生春草，園柳變鳴禽」談起

（續）

序號	日期	講題／講者
		文幸福教授（玄奘大學中文系教授）
13	2012年5月27日	天籟吟社・林述三與臺灣古典文學 翁聖峰教授（臺北教育大學語創系教授）
14	2012年6月24日	臺灣旅遊詩賞析 孫吉志教授（美和科技大學通識中心助理教授）
15	2012年7月22日	重構七寶樓臺：南宋吳文英詞中的時空美感 林淑貞教授（中興大學中文系教授）
16	2012年9月23日	日據時期臺灣詩社對中國文化傳統的承接與新變 江寶釵教授（中正大學臺文所教授）
17	2012年10月28日	古韻新妍總為美——三十年吟唱文化新變漫說 孫永忠教授（輔仁大學中文系副教授）
18	2012年11月25日	說對偶 陳文華教授（淡江大學中文系榮譽教授）
19	2012年12月23日	禪詩與禪字——劉太希詩書賞析 蔣孟樑老師（基隆書道學會會長）
20	2013年1月27日	談明清詩 李欣錫教授（清華大學中文系教授）
21	2013年3月24日	談詩詞之審美感知——「意象」、「意境」、「境界」的差異與關聯 黃雅莉教授（新竹教育大學語創系教授）
22	2013年4月28日	領悟禪詩中的智慧 劉清河老師（鄭順娘文教基金會漢學講座老師）
23	2013年5月19日	也談詩諺采風～人文世道總關情 武麗芳老師（新竹市政府社會處處長）
24	2013年6月16日	詞的起源與特質 陳淑美教授（淡江大學中文系兼任講師）
25	2013年7月21日	韓愈詩歌漫談 曾金承教授（南華大學文學系助理教授）

（續）

序號	日期	講題／講者
26	2013年9月15日	從「靈」活「運」用——談詩情與畫意的互通性 李憶含教授（臺灣師大美術研究所教授）
27	2013年10月20日	編書與印書 唐羽老師（文史方志學家）
28	2013年11月17日	詩詞吟唱與琴歌的表現方式 廖秋蓁老師（天心琴齋主人）
29	2013年12月15日	煤煙中的彩色世界——關於墨條的兩三事 藍仕豪老師（居於陋巷之墨條愛好者）
30	2013年2月16日	說話陳維英及其《偷閒錄》 徐麗霞教授（銘傳大學應用中文系教授）
31	2013年3月16日	鄭用錫與北郭園：兼論園林文學的出現及其意義 余育婷教授（嘉義大學中文系助理教授）
32	2014年4月20日	我看呂碧城詩 李瑞騰教授（中央大學中文系教授）
33	2014年5月18日	讀基隆詩，看基隆史 李啟嘉老師（安樂高中教師）
34	2014年6月15日	林景仁在南洋 余美玲教授（逢甲大學中文系教授）
35	2014年7月20日	「無理而妙」和「反常合道」——論古典詩歌的詩趣 普義南教授（淡江大學中文系助理教授）
36	2014年10月19日	從詩人到小說家：發現「魏清德」的意義 黃美娥教授（臺灣大學臺文所教授）
37	2014年11月16日	清代臺灣的海洋書寫 李知灝教授（虎尾科技大學通識中心助理教授）
38	2014年12月21日	高吟與潛居——談林占梅的潛園生活 徐慧鈺教授（長庚大學通識中心助理教授）
39	2015年1月18日	談古律與今律 周益忠教授（彰化師範大學國文系教授）

（續）

序號	日期	講題／講者
40	2015年3月15日	臺灣古典詩的時代性與藝術性——以櫟社詩人作品為例 廖振富教授（中興大學臺文所教授）
41	2015年4月19日	李炳南先生的詩作與唱腔 張清泉教授（彰化師範大學國文系退休教授）
42	2015年5月17日	李商隱的愛情詩 陳秀美教授（德霖技術學院通識中心副教授）
43	2015年6月21日	悠遊？憂遊？——淺談遊仙詩 林帥月教授（德霖技術學院通識中心副教授）
44	2015年7月19日	清初余懷的詩詞與遊歷 陳建男教授（臺灣大學中文系兼任助理教授）
45	2015年9月20日	白露詩詞選講 李宜學教授（中央大學中文系助理教授）
46	2015年10月18日	我的詩人朋友 李瑞騰教授（中央大學中文系教授）
47	2015年11月15日	李商隱「無題詩」中的愛情書寫 陳秀美教授（德霖技術學院通識中心副教授）
48	2015年12月20日	當下即是：談當代古典詩觀 吳榮富教授（成功大學中文系助理教授）
49	2016年1月17日	清人筆下的李後主及其詞作 林宏達教授（實踐大學應用中文系講師、實踐玉屑詩社指導老師）
50	2016年3月20日	古詩詞的迴旋往復之趣 孫永忠教授（輔仁大學中文系副教授）
51	2016年4月17日	調暢情深——論張若虛〈春江花月夜〉在明代的接受 王欣慧教授（輔仁大學中文系副教授）
52	2016年5月15日	作品鑒賞對於詩詞教學與創作之助益 詹千慧教授（輔仁大學中文系兼任講師）

（續）

序號	日期	講題／講者
53	2016年6月19日	談詩詞的聲情 王偉勇教授（成功大學中文系教授）
54	2016年7月17日	談宋代詩話中的才學關係 張韶祁老師（康橋中學國文科教師）
55	2016年9月18日	臺灣古典詩中的桃花源意象 林淑慧教授（臺灣師範大學臺文系教授）
56	2016年10月16日	鴻文能繪湖山貌，鳳藻偶宣哀樂情——張夢機詩中的臺灣山水 顧敏耀教授（中興大學中文系助理教授）
57	2016年11月20日	我與詩詞吟唱的情緣 施瑞樓老師（東寧樂府創辦人兼團長）
58	2016年12月18日	詮唐詩：唐詩的現代詩詮釋 吳東晟教授（彰化師範大學國文系助理教授）
59	2017年2月19日	臺灣竹枝詞中的鹿港圖像 施懿琳教授（成功大學中文系退休教授）
60	2017年3月19日	劉柳酬唱詩欣賞 張長臺教授（海洋大學退休教授）
61	2017年4月16日	飛向星星的你（sic itur ad astra）：一個跨文化科幻賦作〈輕氣球賦〉的遊樂園意涵 梁淑媛教授（臺北市立大學中文系教授）
62	2017年5月21日	跨出詩的邊疆：宋詞欣賞舉隅 林明德教授（彰化師範大學國文系退休教授、財團法人中華民俗藝術基金會董事長）
63	2017年6月18日	「夜深江上解愁思，拾得紅蕖香惹衣」：詩也能成就姻緣？談語境和語境推理 張柏恩教授（元智大學中語系兼任助理教授）
64	2017年7月16日	王維詩中的禪境 林佳蓉教授（臺灣師範大學國文系教授）

（續）

序號	日期	講題／講者
65	2017年9月17日	臺灣古典詩集的收藏與應用 黃哲永老師（《全臺詩》總校）
66	2017年10月15日	臺灣扶鸞詩研究 鍾雲鶯教授（元智大學中語系教授）
67	2017年11月19日	《紅樓夢》中的詩社與創作活動 歐麗娟教授（臺灣大學中文系教授）
68	2017年12月17日	聲情與詞情 曾永義教授（中研院院士）
69	2018年1月21日	詠懷擊鉢兩相歡——臺灣閒詠詩與擊鉢詩的分合 林文龍老師（臺灣文獻館退休研究員）
70	2018年3月18日	張若虛〈春江花月夜〉中「月」的角色扮演 林佳蓉教授（臺灣師範大學國文系教授）
71	2018年4月15日	從文字的藝術技巧談古典詩詞對《詩經》的繼承與發展 陳志峰教授（世新大學中文系副教授）
72	2018年5月20日	重讀荊軻刺秦：汪精衛的烈士情結析論 劉威志教授（元智大學中語系助理教授）
73	2018年6月17日	從高友工到曹逢甫：從語言學看唐詩 姚榮松教授（臺灣師範大學臺文系退休教授）
74	2018年7月15日	從羅尚詩談起 孫吉志教授（美和科技大學通識中心助理教授）
75	2018年9月16日	談臺灣詞社 蘇淑芬教授（東吳大學中文系教授）
76	2018年10月21日	「摹擬」如何成為一種弊病？以明代復古派詩歌為例 陳英傑教授（政治大學中文系助理教授）
77	2018年11月18日	東坡詩詞中的飲食與人生 陳建男教授（臺灣大學中文系兼任助理教授）

（續）

序號	日期	講題／講者
78	2018年12月16日	曹容先生詩書漫談 蔣夢龍老師（澹廬書會諮詢委員）
79	2019年1月20日	臺灣古典詩的現代轉譯 徐淑賢老師（清華大學臺灣文學研究所博士生）
80	2019年3月17日	詩法與創作 徐國能教授（臺灣師範大學國文系教授）
81	2019年4月21日	香港詩壇三大家：陳湛銓、饒宗頤、蘇文擢 黃坤堯教授（香港能仁專上學院中文系教授、香港中文大學聯合書院資深書院導師）
82	2019年5月19日	六朝同題共作與贈答詩 祁立峰教授（中興大學中文系副教授）
83	2019年6月16日	兩岸網路詩人談龍錄 吳雁門老師（大紀元時報專欄主筆）
84	2019年7月21日	奇思異想，不拘一格：古典詩的奇妙意趣 呂珍玉教授（東海大學中文系教授）
85	2019年9月15日	清代臺灣賦的承舊與成就 游適宏教授（臺灣科技大學通識中心教授）
86	2019年10月20日	海洋詩歌與創意設計 顏智英教授（臺灣海洋大學海洋文創設計產業系教授兼系主任）
87	2019年11月17日	不負如來不負卿——六世達賴倉央嘉措的情詩傳奇 陳巍仁教授（元智大學通識部助理教授）
88	2019年12月15日	清代女性自題畫像詩詞探析 卓清芬教授（中央大學中文系教授）
89	2020年6月21日	欲吐哀音只賦詩：林獻堂詩與近代臺灣 廖振富教授（中興大學臺文所特聘教授）
90	2020年7月19日	春秋詩筆：詩史與戰爭書寫 邱怡瑄教授（臺灣大學中文系兼任助理教授）

（續）

序號	日期	講題／講者
91	2020年7月19日	戰後東南亞和詩社群在臺發表與本土書寫 李知灝教授（中正大學臺灣文學與創意應用研究所副教授）
92	2020年10月18日	他鄉即故鄉——新竹舉人鄭家珍及其歸省留別詩 詹雅能教授（東南科技大學通識教育中心副教授）
93	2020年11月15日	以偏概全——《談談唐詩三百首》掩蓋下的唐詩樣貌 陳美朱教授（成功大學中文系教授）
94	2020年12月20日	詞心、詞情、詞境——談「別是一家」的詞體美學 黃雅莉教授（清華大學華文文學研究所教授）
95	2021年1月17日	千古風流人物——談蘇軾的詩與詞 江惜美教授（銘傳大學華語文教學系教授）
96	2021年3月21日	蘇軾詩中的茶禪 蕭麗華教授（佛光大學中文系教授）
97	2021年4月18日	談韋莊詞的美感特色及其在詞史上的定位 謝旻琪教授（淡江大學中文系助理教授）
98	2021年8月15日	莫月娥老師其人其詩 武麗芳老師（中華民國古典詩研究社理事長）
99	2021年10月17日	從閱讀七層次談唐詩的欣賞與教學（一） 周益忠教授（彰化師範大學國文系教授）
100	2021年11月21日	頭城文學地景的古今之變——從古典詩談起 陳麗蓮教授（宜蘭大學通識中心兼任助理教授）
101	2022年1月16日	近代學人的古典詩創作 賴位政教授（東吳大學中文系助理教授）
102	2022年3月20日	從閱讀七層次談唐詩的欣賞與教學（二） 周益忠教授（彰化師範大學國文系教授）

天籟之藝文活動
——介紹天籟詩獎、近年出版品

莊岳璘

東吳大學中國文學系碩士生、臺北市天籟吟社副總幹事

一　全臺徵詩，天籟詩獎

　　臺北市天籟吟社成立至今將近百年，天籟不僅是騷人聚會、交流的社團，更肩負「推廣傳統詩文之創作及吟唱，並出版相關書刊及專集」之責任，除了設有常態性古典詩創作及吟唱課程，也積極邀請臺灣學者進行主題演講，更以民間的力量主動舉辦「天籟詩獎」。二〇一八年，詩獎由天籟時任理事長姚啟甲先生帶領開辦，其後，第五屆理事長楊維仁先生持續推展、發揚，今年即將邁入第五個年頭，實乃騷壇一年一度之盛事。

　　天籟詩獎開辦之初，設有「青年組」與「社會組」兩個組別，讓青年學生及詩壇老手各有揮灑的舞臺；其中，青年組不以學籍為限制，而是以年齡作區別，凡三十歲以下之臺灣民眾，皆可報名、參加，如此可避免詩壇新血與年過而立的資深學子競爭，更具公平性。自第二屆開始，又增設「天籟組」，專供天籟社員參加，讓詩獎分組更為細緻。詩獎除了分組細膩，最大的特色當為徵詩主題新穎且多具鄉土性。

二　新穎主題，鄉土本色

　　常人對於古典詩的印象往往停留在「傷春悲秋」，然而，觀察天籟詩獎歷年徵詩主題便可發現，其要求的題目是相當新穎的，以近三屆青年組徵詩為例，分別選「3C 產品」、「寵物」及「體育活動」為範圍。

　　以3C 產品為題時，可見鍵盤、耳機、監視器等電子產品入詩，其中，首獎吳紘禎同學寫人工智能的圍棋程式〈Alphago〉：「足證凡人造物功，平心落子戰群雄。已成無欲無身累，能見爛柯局不終？」優選陳信宇則寫虛擬實境〈VR 觀星〉：「鏡裡乘槎夢一般，銀屏收盡萬重山。從今誰復撈湖月？自汲天河漫指間。」能讓時代尖端的科技產品融入千年傳承的古典詩體中，跳脫歌詠風花雪月的主題，實是古典文學獎命題的一大革新。

　　以寵物為主題時亦相當精彩，首獎蘇思寧同學及優選孫翊宸同學同樣選擇〈鸚鵡〉為題，卻能道出不同旨趣，將鸚鵡的古靈精怪寫得活靈活現，在此摘錄首獎作品：「昂首金籠彩羽前。聞聲欲語更喧天。持杯笑問能言鳥，識得詩書有幾篇。」優選作品：「喙艷珊瑚碧羽新，可憐何故落凡塵；勸君如欲長邀寵，試把巧言欺主人。」其他獲獎作品中，另有青年寫渾然忘機的烏龜，也有如皇帝喜怒無常的狸奴，亦有感嘆不能化作彩蝶的蠶寶寶……，包含了天上飛、地上爬、水裡游的各類動物，讀來，無不讓人嘖嘖稱奇。

　　而以體育活動為主題時，蔡宗誠先生以〈水上芭蕾〉獲得首獎：「態擬凌波舞錦春，芙蓉艷質戲漣淪；遙瞻水面清漪在，疑是洛神羅襪塵。」優選張芷綾則以你我校園生活的共同經歷為題，寫〈大隊接力參賽有感〉：「躬體凝神蓄滿弓，槍聲急起破長風。莫將勝敗輕言定，與爾齊心逐眾雄。」另有中國舞、馬拉松、體操等佳作，彷如一

場筆上奧運，運動員的舉手投足鮮活地穿梭在平仄之間，運動家精神亦躍然紙上。

或許是徵詩主題十分貼近時下少男、少女之生活，因此大大提升了年輕人的投稿意願；同時，我們可以藉由這些詩句，一窺當代青年所見、所聞、所知、所感、所處的生活樣貌，更可見年輕一輩在古典文學展現的活力與傳承。

徵詩主題除了結合時代潮流，亦有兼容臺灣鄉土性者，例如社會組二〇一八至二〇二〇年的徵詩分別選「臺灣歷史之人物或史事」、「臺灣街景」及「臺灣文學作品」為範圍；天籟組近二年則以「臺灣小吃」及「臺灣詩壇先賢」為題。

臺灣歷史之人物或史事中，有的歌詠明鄭勇將，有的追懷清朝官吏，也有割臺、抗日到光復的詠史之作，亦不乏藉由各地古蹟抒發感懷的作品。在此選錄首獎鄭景升先生〈讀臺灣地圖史有作四首〉的前二首作品。〈北港圖〉：「千載空聞海上山，只應仙境隔塵寰。秦橋漫指蒼茫外，商路頻探浩渺間。潮暗生時初邂逅，煙微開處盡孱顏。形圖幸莫嫌疏簡，聊與世人窺一斑。」〈大員港市鳥瞰圖〉：「帆影相偎處，海氛初結時。孤城新入畫，遠色幻如詩。濤浪鯨爭引，潮流誰得窺。依稀聞拍岸，響徹湛波湄。」這些詩作不但承載悠悠歷史，更喚醒了臺灣人對這片土地的記憶，讓人想起祖輩「篳路藍縷以啟山林」的艱辛，無不讓人動容。

臺灣街景為題時，林勇志先生以〈大稻埕街景四首〉獲得首獎肯定，這邊選錄首獎的前兩首作品。〈文萌樓〉：「藝妲悲歡傳此樓，稻埕風月忍回眸；浮雲易散煙花冷，落日難留歌舞休。杯酒淺斟千滴淚，蛾眉細畫一生愁；解憐莫笑娼家女，女子從來少自由。」〈大稻埕戲苑〉：「榮景逐風輕，金銷餘稻埕；興衰塵裡事，苦樂曲中情。且喜登臺笑，何堪落幕驚；浮生莊子蝶，戲夢悵難名。」佳作另有各地

老街、「檳榔西施」、臺北橋「機車瀑布」等，有細膩的描寫，亦不乏今昔之嘆，情景交融，各有風采，若細細欣賞這些文字所勾勒的街景，那份莫名的熟悉感，總能讓你我會心一笑。

臺灣文學作品中，李玉璽先生以「白先勇《臺北人》讀後」等四首榮獲首獎，〈白先勇《臺北人》讀後〉摘錄如下：「舊時王謝景難存，臺北羈留愴客魂。往事談休惟被酒，新亭泣罷且遊園。神州匡復應無望，寶島流離未有根。何必經年悲逝水，他鄉日久是桃源。」優勝廖振富先生則寫〈選注《林幼春集》讀後〉：「櫟社鍾靈秀，資修獨佔先。衰軀藏彩筆，傲骨鬥強權。懷古春秋句，傷時月旦篇。景薰樓尚在，何處覓詩仙。」其他獲獎作品還包含殖民文學、原住民文學及客家文學等主題，一展臺灣文學的多元風貌。

而臺灣小吃徵詩，徵得燒肉粽、棺材板、貢丸湯、四神湯等滿滿美食，在此特別分享首獎及優勝作品。首獎鄭景升先生寫〈紅豆車輪餅〉：「雪色烘成月一輪，嫣然溫厚軟綿身。休嫌淡素深餘味，自有清香不膩人。惹我相思是紅豆，當年初識正青春。誰憐到老曾無悔，為爾甜心涉市塵。」優選陳文識先生則寫〈廣東粥〉：「海錯山珍薈一堂，細熬新米玉盈光。顏如琥珀三春美，味賽龍肝八寶芳。漫撒胡椒辛撲鼻，輕沾炸檜韻迴腸。天涯客寄魂飛苦，夢寐依依老粥坊。」作品有吃有喝，色、香、味俱全，彷彿置身夜市之中，足以讓讀者讀到垂涎三尺。

以臺灣詩壇先賢為題時，首獎洪淑珍女史寫〈林占梅〉：「和靖家風素自將，潛園才藻煥芬芳。養梅為伴琴書趣，邀會時飄茗酒香。一幟奇勳平禍亂，八廚高節惠邦鄉。胸懷曠達詩清越，獨立典型譽海疆。」優勝陳文識先生則寫〈張作梅〉：「招賢立苑壯文翰，喚月呼風李杜壇。四海新聲添錦繡，三臺彩筆競波瀾。詩鐘示範詞流遠，瑣稿擴懷藝境寬。豪傑天生擔大任，功成盡瘁幾辛酸？」另有人歌詠海東

文獻初祖沈光文，也有人緬懷其恩師張國裕夫子、陳文華老師等；字裡行間可見對臺灣詩壇先賢的敬仰及深情。

一連串以「臺灣」為主題的徵詩，結合了創作者的生活環境，不但能發揚本土特色，也可以見證臺灣歷史演進，同時緬懷先人，讓臺灣的美好被優雅地收錄於絕律之中，亦使作品乘載了更為深刻的歷史價值。

詩獎的三個組別中，除了主題多變、新潮，各組對體裁的要求也有所不同，例如青年組即要求作七言絕句一首；天籟組要求作七言律詩一首；社會組的要求則是七言律詩、五言律詩、七言絕句、五言絕句各一首，不偏廢於某類體裁，也考驗詩人是否能熟嫻地應用各類詩體。

三　頒獎典禮，天籟吟風

各項競賽中，最怕遇到「黑箱作業」或「內定名次」。天籟詩獎的評選方式，採嚴謹的三階段評選，分別由不同評審進行初審、複審及決審，如此高的規格，當是民間古典文學獎少有的；而評審來源，除了聘請具學術專業的大學學者，也會邀請德高望重的民間詩人，讓評選觀點更加豐富。經過層層篩選的作品，加上評審多元觀點的討論，除了可以維護詩獎的品質，使詩獎具有更高的公平性、公正性和公信力，也能避免佳作因單一評審偏見而不幸落為遺珠。

天籟詩獎的頒獎典禮不只是一場致贈獎座與獎金的典禮，更可謂為騷壇一大慶典。第一屆頒獎典禮在新莊典華飯店的愛丁堡廳舉辦，席開將近二十桌，大宴臺灣學者、詩人，當年更邀請顏崑陽教授主講「古典詩如何表現『現代感』與『在地感』」，也邀集文幸福教授、李知灝教授、李啟嘉老師、楊維仁老師等座談「當代的古典詩創作」；

第二屆及第三屆典禮則分別在臺北巴赫廳及青少年發展中心之國際會議廳舉辦，現場皆座無虛席，熱鬧非凡。

詩學講座以外，頒獎典禮二〇一八至二〇二一年邀請學生詩社——東吳大學停雲詩社、輔仁大學東籬詩社和淡江大學驚聲詩社共襄盛舉，三社學生身著華麗漢服，或持精緻道具，或擺柔美身段，或伴悠揚國樂，輪番登臺吟唱古典詩、詞、曲，曲調來源有的來自古譜，有的來自今人譜曲，這些節目為典禮增添不少活力與色彩。

除了大專詩社的吟唱展演，天籟吟社也會邀集社員，用傳統河洛漢音吟唱詩詞。第二屆詩獎開始，更會在頒獎後吟唱首獎作品；第三屆頒獎典禮則結合《天籟清詠：臺北市天籟吟社二零一六至二零二零社員作品集》新書發表會，會中精選書中佳作吟詠，全場一邊品讀雋永的詩句，一邊聆聽清雅的吟唱，讓人深深地陶醉其中。學生與天籟社員的吟唱，可謂詩壇老、中、青三代的交流，能在一場頒獎典禮中觀摩、欣賞如此多元的吟唱展演，實屬難得。

所有入圍詩獎的詩人，都必須到頒獎時才能知道自己的實際名次，在名次宣布前，評審也會一一講評，讓在場的學子、詩人開心領獎之餘，也能有更為深刻的學習與進步。典禮最後則安排全場合唱天籟名曲——〈春江花月夜〉，張若虛一詩在天籟調的詮釋下，顯得更為婉轉、動人，吟畢，那悠揚的旋律往往能長久迴盪於與會賓客的心中。

天籟詩獎是全臺性的文學獎，自開辦以來，有賴天籟吟社姚啟甲名譽理事長及陳碧霞夫人所主持的「臺灣三千藝文推廣協會」大力贊助。姚啟甲先生曾言：「希望藉由這項活動，鼓勵更多的朋友一同參與古典詩的創作及吟唱，從而對古典詩的推廣，產生更大的助益。」這三屆詩獎的獲獎者，來自臺灣各地，從事各行各業，小有正值荳蔻年華的國中學生，亦有年屆杖朝之年的騷壇前輩，投稿者有男有女、有長有少，正符合了姚理事長最初對於詩獎的期許。這樣成功的文學

獎,相信可以成為推動臺灣古典詩學的一大助力,並為臺灣詩壇持續發掘濟濟人才。

四　吟唱瑰寶,天籟元音

今人僅知古人會吟詩、能唱詞,卻往往不曉得當時吟唱的旋律為何,僅有極為少數古譜的流傳,可為後人略窺一二。天籟吟社長期秉持「推廣傳統藝術之創作及發表,並出版相關書刊及專輯」理念,近年來穩定出版諸多古典詩詞書刊,積極實踐社團任務,隨著科技日新月異,專業的錄音設備問世以後,天籟除了積極收錄社員的詩文作品,也積極錄製吟唱音檔,保存「天籟元音」。

天籟眾多出版品中,有聲的吟唱專輯包含:《大雅天籟:莫月娥古典詩吟唱專輯》、《天籟元音:天籟吟社先賢吟唱專輯》、《天籟吟風:葉世榮古典詩詞吟唱專輯》,書中兼附光碟,收錄超過百首吟唱音檔,皆由楊維仁先生負責主編。

莫月娥老師師承黃笑園先生,畢生致力推廣吟唱,教唱足跡遍布全臺,吟蹤更擴及海峽兩岸,享譽騷壇,有「臺灣吟詩冠冕」之美譽。莫老師吟唱蒼勁而高雅,在年近古稀時錄製了《大雅天籟:莫月娥古典詩吟唱專輯》,專輯除了收錄音檔,也收錄莫老師的吟唱經驗談,是天籟社員首次發布的「天籟調」吟唱專輯。

天籟調最早傳承自林述三先生,當為臺灣流傳最廣,影響力極深的吟詩方式,《天籟元音:天籟吟社先賢吟唱專輯》收錄天籟先賢的吟唱音檔,包含林錫牙先生、凌淨嫆女史(真珠姑)、林安邦先生等,具體而完整地保存了天籟吟調的風貌;本專輯還收錄了〈春江花月夜〉的天籟調曲譜,可助經典大曲長遠流傳,亦是學習天籟調的最佳教材。雖然先賢早已遠去,然而先賢吟唱之聲仍可透過光碟,傳揚

四海，永垂千古，並供後人學習，可謂相當珍貴的文化資產。

第三部作品《天籟吟風：葉世榮古典詩詞吟唱專輯》則收錄天籟耆老葉世榮先生的吟唱示範，葉老師自一九五〇年加入天籟吟社，吟唱天籟吟調迄今超過七十年，是天籟當前最為資深的顧問，更是臺灣詩壇瑰寶。

五　積極出版，文風鼎盛

楊維仁先生曾感嘆：「文學出版品原本即已日趨『小眾』，而古典詩詞文集尤屬『小眾中的小眾』，不但實體書店罕見展售，甚至在網路書店也不易購得。」隨著時代風氣改變，書商接連倒閉，出版品銳減，文學類的書籍當是受衝擊最甚者；就詩集的市場「能見度」而言，相較於現代詩，古典詩集又更顯珍稀。

民間詩社的刊物，往往僅自尋影印店刊印、膠裝，或甚至簡單以騎馬釘裝訂便直接發布。雖然出版環境日趨蕭條，天籟吟社仍不懈地編纂詩集，並與出版社合作，積極發行古典詩刊物，為詩壇注入源源活水；而如此正式的出版刊物，亦屬臺灣民間詩社相當少見者。天籟近年出版品中，收錄社員作品者有：《天籟新聲》、《天籟吟社九十週年紀念集》、《天籟清吟：天籟吟社九十五週年紀念詩集》及《天籟清詠：臺北市天籟吟社二零一六至二零二零社員作品集》，書中之作品主要可分為例會佳作與社員自選作品。

天籟每年按時令舉辦春、夏、秋、冬四次例會，例會又分首唱及次唱，分別為例會前預寫之作及例會中即席之作，例會往往限體、限題、限韻、限時，大大考驗社員是否有敏捷的才思，會後則由左、右詞宗評選佳作，並供詩友相互觀摩。由出版品中的大量作品可知社員平時創作不輟，舉社文風鼎盛，亦可見天籟多年來運作穩定且不失活力。

　　天籟吟社近百年來匯集並培育大量妙筆生花的詩人，累積作品更是不可勝數，幸有張國裕先生、楊維仁先生、張富鈞先生等有志之士共同努力，努力收錄社員作品、製作吟唱光碟，並集結成冊、積極出版，為社史及文化保存無私地奉獻，避免無數珍貴文化資產淪落亡佚之命運。因天籟吟社擁有豐富的出版品，相信百年以後，世人亦可透過這些詩集一覽天籟吟社歷久不衰的風采。天籟亦將持續為文化推廣盡最大心力，帶著傳承使命，邁向下一個輝煌的一百年。

天籟調與天籟吟社

楊維仁
臺北市天籟吟社名譽理事長

　　臺灣傳統吟唱詩詞的表現方式很多，根據高嘉穗老師《臺灣傳統吟詩音樂研究》統計，流傳在臺灣的學院及民間中，吟詩調至少將近二十種，包含天籟調、劍樓調、奎山調、東明調、貂山調、閩南調、福建流水調、宜蘭酒令、鹿港調、中部調、南部調、澎湖調、客家調、歌仔調、黃梅調、河南調、常州調、江西調等[1]，其中「天籟吟調」在臺灣地區影響最廣[2]，吟聲遠播，向來深受傳統詩壇與大專院校所重視。

一　天籟調的緣起與發揚

　　「天籟調」亦即「天籟吟調」，為臺北「天籟吟社」所傳唱的曲調。天籟調的創始，應遠溯天籟吟社第一任社長林述三先生。林述三（1887-1956），原籍福建同安，幼學於廈門玉屏書院，十三歲來臺，二十六歲繼承父業設帳授徒，創立礪心齋書房。礪心齋書房的詩詞文

1　引自高嘉穗《臺灣傳統吟詩音樂研究》，（臺北市：國立臺灣師範大學音樂研究所碩士論文，1996年1月），頁225。
2　同上注，頁229。

學教育以誦讀、吟唱、創作三者並重，因此門人多能吟唱詩詞。

　　日據時期大正十一年（1922）林述三先生召集礪心齋門人創立「天籟吟社」，[3]其後天籟吟社吟唱之曲調，廣為詩界所推崇，譽之為「天籟調」。天籟調源自天籟吟社創始人林述三先生，其後經過林錫牙、凌淨嫆、李天鷺、林安邦、張國裕、施勝隆、葉世榮、莫月娥、鄞強，以及其他天籟吟社諸多前輩的推廣，成為臺灣詩壇近百年來影響深遠的吟詩曲調。

　　民國六十五年（1976），邱燮友教授輯錄《唐詩朗誦》詩詞吟唱錄音帶，收錄莫月娥老師錄音多首，並記譜定為「天籟調」，而臺灣師範大學「南廬吟社」與東吳大學「停雲詩社」也採集天籟吟社〈春江花月夜〉等詩詞吟唱曲調記譜，天籟調從此也傳唱於大學院校，廣受中文系所與古典詩社所重視。民國九十二年（2003）起，天籟吟社與萬卷樓圖書公司合作，發行一系列吟唱專輯，包括《大雅天籟：莫月娥古典詩吟唱專輯》、《天籟元音：天籟吟社先賢吟唱專輯》、《天籟吟風：葉世榮古典詩詞吟唱專輯》，更有助於天籟調的保存與推廣。

二　天籟調的特色

　　有關天籟調的吟唱方法，天籟吟社第五任社長張國裕先生表示：「吾社所授吟詩之法著重於：一、由丹田發聲，聲貴自然，忌矯飾。二、聲韻宜清，平仄分明，抑揚協律。三、吟出作者心聲，抒發詩

3　關於天籟吟社創立年代，向來有三種說法，此採潘玉蘭《天籟吟社研究》（臺北市：萬卷樓圖書公司，2010年6月）之論證。另有大正九年（1920）、大正十年（1921）二說，目前天籟吟社採用大正九年（1920）說法，故於今年（2015）舉辦九十五週年社慶活動。

情，雅引嚶鳴。」[4]

高嘉穗老師分析天籟調的特色：

> 在近體詩方面：一、喜由高音起吟，重視並極力表現個別字音，
> 故重視唱念（出字、收韻、運腔）、裝飾（甚至不合一般吟詩
> 的原則，其繁、簡作法仍有其個別性）。二、非正規節奏的使
> 用較其他詩人靈活，其曲調之細部處理多，音樂華麗、強烈。
> 在古體詩部分：天籟吟社的詩人熟悉〈春江花月夜〉的語法，
> 以及近體詩的吟法，可再自行開發其他新的吟詩曲目。出身於
> 礪心齋的學生，其吟古體詩的能力較一般詩人為佳，能吟之曲
> 目範圍因而較其他社廣泛。[5]

天籟調的近體詩（絕句、律詩）吟唱方式雖然有基本上相當接近
的旋律，但是卻不是依照固定的曲譜「套調」，而是依照每首詩的平
仄格律排列，以及吟唱者對於這首詩的體會與情感，自然而然靈活詮
釋。但是坊間有一些詩詞吟唱出版品，雖然標示「天籟調」，卻只是
完全依譜套調，往往把仄起的七言絕句套入〈出塞〉（平起）的吟唱
曲調，造成吟唱時整首詩平仄失調，這種不講究平仄而「盲目」套調
的方式，實在是對於天籟調的誤解。

臺灣各地詩社或詩人所吟唱的曲目則是多以近體詩律詩、絕句為
主，古體詩較少，其他體裁則更是罕見。而天籟調除了近體律絕之
外，也講究古體詩，吟唱曲目甚至涵蓋了詩詞歌賦以及各類古文，範
疇相當廣泛，依據筆者所整理編輯之《天籟元音：天籟吟社先賢吟唱

---

4 引自〈張序〉，見莫月娥吟唱，楊維仁製作《大雅天籟：莫月娥古典詩吟唱專輯》
  （臺北市：萬卷樓圖書公司，2003年1月），頁1。
5 見《臺灣傳統吟詩音樂研究》，頁230-231。

專輯》所收錄之吟唱曲目，包含近體詩（絕句與律詩）、古體詩、詞、曲、辭賦、駢體文，體裁非常多元，這是天籟調迥異於臺灣各地吟詩曲調的特色。

三　天籟調的代表人物

（一）林述三

　　天籟調的代表人物，首推天籟吟社與天籟吟調之創始人林述三先生。林述三（1887-1956），名纘，字述三，創設礪心齋書房與天籟吟社，作育英才無數，推行詩教居功厥偉。文學作品包括詩、詞、文、賦、謎、小說等多種，著有《礪心齋詩集》。

　　林述三先生吟詩誦詞，別成一調，自鳴為天籟，以南音譜曲，有聲於騷壇[6]，可惜並無任何錄音資料傳世。李天鷺先生曾記錄《林夫子吟詩遺譜》，此譜未署印行年代，今有影印本流傳。李天鷺先生師事礪心齋林述三夫子，《林夫子吟詩遺譜》所謂「林夫子」者，即指林述三先生。遺譜以現代音樂之簡譜記錄，內含張若虛〈春江花月夜〉、袁枚〈落花〉十五首錄二、張繼〈楓橋夜泊〉、李白〈清平調〉三首、漢武帝〈秋風辭〉、薩都剌〈金陵懷古〉，皆為天籟吟社至今傳唱之詩詞。

　　天籟吟社耆老葉世榮先生則謂：「此譜應係李天鷺先生所吟，李安和先生記譜。云林夫子吟詩遺譜者，李天鷺先生自謂所吟學自林夫子，本譜實非記錄林述三先生之原音。」[7]

6　參見《礪心齋詩集》（臺北市：龍文出版社公司，2001年6月），作者介紹。
7　筆者於2014年8月訪談葉世榮先生所得。

（二）林錫牙

　　林述三先生過世後，長子林錫麟先生繼續礪心齋教學工作，但是若以吟調而論，天籟眾人皆以為林錫牙先生的吟詩最得林述三先生之傳。[8]林錫牙（1913-1996），字爾崇，曾任天籟吟社第三任長、中華民國傳統詩學會第二屆與第三屆理事長，著有《讀父書樓詩集》。其詩詞吟唱錄音〈滿江紅　金陵懷古〉、〈落花十五首〉第一至三首、〈清平調〉、〈涼州詞〉收錄於《天籟元音：天籟吟社先賢吟唱專輯》。

（三）凌淨嫆

　　除了林述三先生、林錫牙先生之外，凌淨嫆女史是天籟調最負盛名的代表人物。[9]凌水岸（1914-1979），字淨嫆，一名真珠，後輩呼為「真珠姑」，師事礪心齋林述三夫子，並參加天籟吟社，與鄞威鳳、姚敏瑄合稱「天籟三鳳」，遺著《淨嫆遺詩》。潘玉蘭《天籟吟社研究》稱其：

> 詩學造詣深，尤擅吟天籟調，其所吟〈春江花月夜〉、〈落花〉十五首、〈白桃花賦〉、〈屈原行吟澤畔賦〉以及厲鶚〈悼亡姬十二首〉等，堪稱「經典之唱」。[10]

　　「真珠姑」凌淨嫆女史詩詞吟唱之錄音帶拷貝輾轉流傳於臺北詩友之間，引為學習範本，後經筆者整理收錄於《天籟元音：天籟吟社先賢吟唱專輯》，此一專輯所收錄「真珠姑」之吟唱曲目，包括絕

8　見〈臺灣人吟詩〉，收錄於《臺灣的聲音》第2卷第1期（1995年1月），頁75。

9　洪澤南稱凌淨嫆為天籟吟社的吟唱女神，見洪澤南撰稿，林孝璘主講《大家來吟詩》（臺北市：萬卷樓圖書公司，1999年9月），頁7。

10　見潘玉蘭《天籟吟社研究》，頁228-229。

句、律詩、古體詩、詞、曲、辭賦、駢體文，充分體現天籟調吟唱範疇廣泛的特色。

（四）李天鸞

李天鸞（1911-1977），號喬雲，師事礪心齋林述三夫子，為天籟吟社健將，詩作散見於各詩刊雜誌。曾輯印《林夫子吟詩遺譜》。

李天鸞先生對於天籟調的傳播亦頗有影響力，全臺各地學天籟調者有不少人是由李天鸞的錄音中，或詩會現場中習得。可惜那些均為早期錄音，至今多已潮壞不堪使用。[11]高嘉穗《臺灣傳統吟詩音樂研究》以現代五線譜為其吟唱〈冬柳〉記譜，並以此探討其吟唱特色。[12]

（五）林安邦

林安邦（1922-2006），字肖雄，師事林錫麟夫子，為林述三先生之再傳弟子，日據時期即已加入天籟吟社，曾任中華民國傳統詩學會秘書長，詩作散見於各詩刊雜誌，吟唱遺音收錄於《天籟元音：天籟吟社先賢吟唱專輯》，曲目包括絕句、律詩、古體詩、宋詞，甚至還吟唱《西廂記》第一本第一折，包羅廣泛。高嘉穗《臺灣傳統吟詩音樂研究》也以現代五線譜為林安邦先生所吟唱的〈短歌行〉、〈木蘭詩〉、〈長相思〉、〈將進酒〉、〈杜鵑鳥賦〉、〈屈原行吟澤畔賦〉、〈擬庾子山對燭賦〉記譜[13]。除此之外，林安邦先生所吟〈歸去來辭〉、〈恨賦〉亦為天籟調代表曲目之一[14]，可惜今已失傳。

---

11 見〈臺灣人吟詩〉，收錄於《臺灣的聲音》第2卷第1期（1995年1月），頁79。
12 見高嘉穗《臺灣傳統吟詩音樂研究》，頁83、頁105、頁225。
13 見高嘉穗《臺灣傳統吟詩音樂研究》，頁142~216。
14 見潘玉蘭《天籟吟社研究》，頁112。

（六）張國裕

張國裕（1928-2010），師事林錫麟夫子，為林述三先生之再傳弟子，曾任天籟吟社第五任長、中華民國傳統詩學會第六屆與第七屆理事長，遺著《張國裕先生詩集》。張國裕老師偕同莫月娥老師長期在各電臺、機關、社團、學校推動臺灣古典詩詞教育，對於天籟調的推廣居功甚偉。張老師雖然罕作公開吟唱，但是其實對於天籟調各種吟唱方法極為熟稔[15]。洪澤南老師輯錄《大家來吟詩》詩詞吟唱錄音帶，收錄其吟唱〈滿江紅　金陵懷古〉，此為張老師之錄音惟一收錄於正式出版品。張國裕老師於天籟吟社社長任內先後推動《大雅天籟：莫月娥古典詩吟唱專輯》、《天籟元音：天籟吟社先賢吟唱專輯》、《天籟吟風：葉世榮古典詩詞吟唱專輯》，對於天籟調之推廣居功厥偉。

（七）葉世榮

葉世榮（1933-），字奕勛，師事林錫麟夫子，為林述三先生之再傳弟子，曾任中華民國傳統詩學會秘書長、天籟吟社副社長，現任天籟吟社顧問。民國八十九年（2010），筆者編輯製作《天籟吟風：葉世榮古典詩詞吟唱專輯》，由萬卷樓圖書公司出版，收錄古今詩詞二十二首，其中〈獵火一山紅〉和〈亦在車下〉，均屬清朝的「試帖詩」（五言八韻的排律），此為其他詩人所未曾吟唱的體裁。

---

15 張國裕老師吟唱〈滕王閣賦併詩〉，見潘玉蘭《天籟吟社研究》，頁112。張國裕老師能吟唱《天籟元音：天籟吟社先賢吟唱專輯》所收錄之詩詞歌賦，見楊維仁主編《天籟元音：天籟吟社先賢吟唱專輯》（臺北市：萬卷樓圖書公司，2010年1月），頁209。

（八）莫月娥

　　莫月娥（1934-2017），師事捲籟軒黃笑園夫子，亦為林述三先生之再傳弟子，曾任中華民國傳統詩學會副理事長、天籟吟社顧問，遺著《莫月娥先生詩集》。莫老師長期從事詩詞吟唱的教學與示範，張國裕先生譽為「臺灣吟詩之冠冕」，所吟之〈清平調〉、〈短歌行〉尤其膾炙人口，廣為臺灣各詩社詩人所傳唱。

　　民國六十五年（1976），邱燮友教授出版《唐詩朗誦》錄音專輯，收錄莫月娥老師吟唱〈清平調〉等多首，從此以天籟調吟唱聞名於大學院校。民國八十五年（1996），高嘉穗碩士論文《臺灣傳統吟詩音樂研究》以現代五線譜記錄莫老師所吟唱近體詩、古體詩多首，足見莫老師實為當時臺灣詩壇吟唱詩詞的代表人物。民國八十八年（1999），洪澤南老師輯錄《大家來吟詩》詩詞吟唱錄音帶，也收錄莫老師所吟的〈木蘭詩〉。民國九十六年（2007）四月，楊湘玲在《臺灣音樂研究》第四期發表〈淺探臺灣傳統吟詩調的音樂結構：以「天籟吟社」莫月娥所吟七言絕句為例〉，以上可見莫老師吟唱之功力深獲詩壇與學界推崇，民國九十二年（2003），筆者編輯製作《大雅天籟：莫月娥古典詩吟唱專輯》詩詞吟唱 CD，收錄莫老師所吟古體近體詩共八十三首。

（九）施勝隆

　　施勝隆（1937-2015），亦名勝雄，字學長，齋名籟莊吟苑。師事林錫麟夫子，為林述三先生之再傳弟子，曾任臺北市詩人聯吟會總幹事、臺北縣謎學研究會理事長，詩作散見於各詩刊雜誌。據聞施勝隆先生〈李陵答蘇武〉、〈阿房宮賦〉等亦為天籟調代表作品[16]，可惜今

---

16 見潘玉蘭《天籟吟社研究》，頁112。

已失傳。而高嘉穗《臺灣傳統吟詩音樂研究》也為施勝隆先生所吟的〈暮春即事〉、〈春日〉記譜[17]，洪澤南《大家來吟詩》則收錄施勝隆先生吟唱〈滿江紅　金陵懷古〉。

（十）鄞強

鄞強（1935-2021），字耀南，號柳塘軒主，師事林錫麟夫子，亦為林述三先生之再傳弟子，曾任臺北市孔子廟吟詩講座、中華民國傳統詩學會理事與監事。近年自行錄製《千家詩》吟詩 CD 五片，總計二百餘首，惜未正式發行出版。

四　天籟調的有聲出版品

天籟調享譽臺灣詩壇，林錫牙、凌淨嫆、李天鶯、林安邦、施勝隆、莫月娥的吟唱錄音帶，經常拷貝流傳於詩友之間，成為眾人仿效學習的範本。但是這些錄音帶都不是在專業錄音環境完成，原本的雜音就很多，其後的保存也很不容易。

自從民國九十二年（2003）起，在張國裕社長的推動下，天籟吟社委託萬卷樓圖書公司發行一系列吟唱專輯：

《大雅天籟：莫月娥古典詩吟唱專輯》，莫月娥吟唱，楊維仁主編，萬卷樓圖書公司二〇〇三年一月出版。此一專輯包含 CD 兩片，古體詩 CD 收錄〈秋風辭〉等二十一首，近體詩 CD 收錄〈清平調〉等五十二首。

《天籟元音：天籟吟社先賢吟唱專輯》，張國裕製作，楊維仁主編，萬卷樓圖書公司二〇一〇年一月出版。此一專輯包含 CD 四片：

---

17 見高嘉穗《臺灣傳統吟詩音樂研究》，頁59、頁68。

第一片 CD 收錄林錫牙先生吟唱詩詞六首，第二、三片收錄凌淨嫆女史吟唱詩詞歌賦六十六首以及合唱曲〈春江花月夜〉，第四片收錄林安邦先生詩詞曲二十三首。

《天籟吟風：葉世榮古典詩詞吟唱專輯》，葉世榮吟唱，楊維仁主編，萬卷樓圖書公司二〇一〇年九月出版。此專輯包含 CD 一片，收錄古體詩、近體詩、宋詞共二十二首。

五　結語

天籟調是臺北天籟吟社所傳唱的曲調，由天籟吟社首任社長林述三先生所開創，其後經由林述三先生之弟子與再傳弟子持續發揚光大，遂使此一吟調吟詠不輟，成為影響臺灣最廣的吟詩曲調。

天籟調傳唱近百年，臺灣詩壇與學院中吟唱此一曲調者眾多，早已不是天籟吟社所獨擅的不傳之祕，可以視為臺灣詩壇重要的文化傳承，宜為各界所重視珍惜。

文學研究叢書·古典詩學叢刊 0804030

臺灣古典詩社采風 第一輯

主　　編　林宏達
編　　輯　郭妍伶、高守鴻
責任編輯　林涵瑋

發 行 人　林慶彰
總 經 理　梁錦興
總 編 輯　張晏瑞
編 輯 所　萬卷樓圖書股份有限公司
　　　　　臺北市羅斯福路二段 41 號 6 樓之 3
　　　　　電話 (02)23216565
　　　　　傳真 (02)23218698

發　　行　萬卷樓圖書股份有限公司
　　　　　臺北市羅斯福路二段 41 號 6 樓之 3
　　　　　電話 (02)23216565
　　　　　傳真 (02)23218698
　　　　　電郵 SERVICE@WANJUAN.COM.TW
香港經銷　香港聯合書刊物流有限公司
　　　　　電話 (852)21502100
　　　　　傳真 (852)23560735

ISBN 978-986-478-881-1
2023 年 12 月初版一刷
定價：新臺幣 360 元

如何購買本書：
1. 劃撥購書，請透過以下郵政劃撥帳號：
　 帳號：15624015
　 戶名：萬卷樓圖書股份有限公司
2. 轉帳購書，請透過以下帳戶
　 合作金庫銀行 古亭分行
　 戶名：萬卷樓圖書股份有限公司
　 帳號：0877717092596
3. 網路購書，請透過萬卷樓網站
　 網址 WWW.WANJUAN.COM.TW

大量購書，請直接聯繫我們，將有專人為您
服務。客服：(02)23216565 分機 610

如有缺頁、破損或裝訂錯誤，請寄回更換

國家圖書館出版品預行編目資料

臺灣古典詩社采風. 第一輯 / 林宏達主編. --
初版. -- 臺北市：萬卷樓圖書股份有限公司,
2023.12
　　面；　　公分. -- (文學研究叢書. 古典詩學叢
刊；0804030)
ISBN 978-986-478-881-1(平裝)
1.CST: 臺灣詩 2.CST: 臺灣文學史
863.091　　　　　　　　　　　　　112021341